小説

十字架の女

〈復活編〉

②

大川隆法

Ryuho Okawa

小說

十字架の女②〈復活編〉

（一）

究竟往空中飛得有多高了？聖艾格妮絲途中經過六次元光明界時，跟她一起飛升上來的岡田由利刑警不見了。六次元世界中，聚集著不少專家，若是水準到達了一定程度，一些民族神的小神也存在於這個世界。

但艾格妮絲繼續穿過一層、兩層、三層，眼所不見的透明膜，來到了七次元的菩薩界。在宛如外國大使館般的白色柵欄，環繞其中的是五彩繽紛的玫瑰競相綻放。中央的大門開啟了，輕靄四處繚繞至過膝高度。

聖艾格妮絲穿過大門，約十名左右的修女們出來迎接她。

她們把聖艾格妮絲帶到迎賓館裡的會客室，在以白色為基調的房間裡，插著紅、黃、白三色玫瑰的花瓶擺在大理石桌上。

門開了，走進來的竟然是被稱為「印度的聖女」德蕾莎修女。聖艾格妮絲只知道德蕾莎修女在很久以前就過世了，她生前行善無數，曾在加爾各答創立了「臨終收容之家」。

德蕾莎修女：「艾格妮絲，妳真的很努力。七次元的我們一直在為妳加油呢。」

艾格妮絲：「您是德蕾莎修女吧？我的靈魂沒資格到這樣的地方。我罪孽深重，還殺過人。難道，您是來做我的懺悔導師嗎？」

德蕾莎修女：「不，不是那樣的。是因為我想跟妳見面，才讓妳順道來這裡。」

艾格妮絲：「我的罪能得到赦免嗎？」

德蕾莎修女：「我只是奉耶穌的旨意，讓妳在這裡稍作休息。辛苦妳了。」

德蕾莎修女話音剛落，碰！碰！傳來幾下敲門聲，一名修女端來了大吉嶺茶、雪白的瑪芬和草莓果醬。

艾格妮絲：「謝謝。不過，已經死去的人吃喝食物，是不是有點奇怪？」

瑪爾達修女：「妳剛離開人世，還殘留著肉體感覺，應該還是可以品嚐出紅茶和瑪芬的味道。」

德蕾莎修女：「稍微休息，準備迎接下一段旅程吧！」

艾格妮絲：「這裡不是我要住的修道院嗎？」

德蕾莎修女：「不是的。妳應該去拜見更高的存在，祂們會指導妳今後該做的事。」

艾格妮絲：「我所擁有的力量到底來自神還是惡魔，還沒有得到東京大主教伊格納西奧的判定。」

德蕾莎修女：「謙虛是好的。但是妳被捲入了激烈的紛爭中，沒有完成使命。好了，妳休息一下，然後就到耶穌那裡去吧。因為我是這裡的修道院院長，不能陪同妳去。」

艾格妮絲：「我該怎麼做才能見到耶穌呢？」

德蕾莎修女：「妳的雙肩不是長出了白色翅膀嗎？它會帶妳去的。」

的確，不知不覺間，艾格妮絲的肩上長出了一對如同聖彼得大教堂的繪畫中巨大的天使翅膀。而且，艾格妮絲全身被包覆在白色蕾絲的聖衣中，胸口也不再流血了。

德蕾莎修女：「妳是唯一一名被耶穌賜予『十字架痕』的修女。妳應該試著去探究自己到底是誰。』

說完，德蕾莎修女離開了房間。沒多久後，修道院宛如幻影般消失了。一名修女留在庭園中，手指著上空：「看，就是那裡。」

肩上的雙翼開始上下擺動。於是，艾格妮絲又穿過了三層透明薄膜，來到了一個銀沙地上長著黃金樹木的世界。

在那裡，基督教、佛教、伊斯蘭教、道教、印度教、日本神道等各宗教的聖者愉快地漫步、交談著。這裡正是八次元的如來界。

一名自稱是來自亞西西的方濟各的修士走了出來。他身穿黑色修道服，頭部後側有一輪金色光圈，看起來像是後光。

方濟各：「艾格妮絲，跟我來。」

他左手握住艾格妮絲的右手，向更高處上升而去。再次穿過一層、兩層次元的透明薄膜之後，降落在第三層的地方。

在那裡，耶穌·基督迎接艾格妮絲，他彷彿從光環當中出現。耶穌將右手的兩根手指放在艾格妮絲的頭頂上，祝福她：

「作為特殊待遇，我帶妳去晉見主神吧。」

話音剛落，艾格妮絲被耶穌帶領著，穿越了所謂「九次元之壁」──如燃燒火焰一般的障壁，匍伏在王座之前。

耶穌說道：「這位就是主神。主神被稱為『阿爾法』、『埃洛希姆』，也被稱為『愛爾康大靈』。」

艾格妮絲無法直視主的聖姿。神殿似乎是用鑽石砌成的。

主開口了。

「艾格妮絲啊，妳的使命尚未完成。復活吧！」

一切如夢似幻。接下來會發生什麼呢？

「妳，是四個熾天使之一。」

主的聲音回盪在神殿中。

（二）

發出「啊啊！」尖叫聲的同時，艾格妮絲開始急速下墜，令她頭暈目眩。

她的右側有一名金髮雪白臉龐，分不清是男性還是女性的天使陪伴著她。

「我是大天使加百列，奉命以後要守護妳。」天使的聲音如心靈感應般傳入艾格妮絲的心裡。他看上去是位年輕的男性天使，約三十歲左右。

艾格妮絲：「大天使加百列？是那位向聖母瑪利亞報懷胎之喜的天

使嗎？」

加百列：「若那麼想能讓妳比較好理解的話，那也可以。我負責天上界與地上界之間的傳訊。」

在聽到那個聲音後，很快地穿過了雲層，地上界已在眼前。

看到東京自衛隊的市谷駐屯所了。消防車不停地灑水，火勢基本上已被撲滅了。

艾格妮絲降落在生前最後一場激戰的那個房間。天使模樣的艾格妮絲，看到已失去氣息的自己的屍體。搜查一課以及自衛隊、防衛省的人員倒在她的四周，生死不明。艾格妮絲看見自己屍體上，胸口流出的鮮血消失，彈痕也復原了。然後，她發現自己屍體的後腦勺冒出一條細細的銀絲線，與身為天使的自己的頭部連接在一起。就在那一瞬間，靈體被吸進艾格妮絲的肉體當中。

她「啪」地睜開了眼睛。

「得先逃出去。」

說著，她起身跑出了房間。現場四處喧鬧不已，沒人攔住她。

比起攔住她，他們更擔心會不會還有第二枚洲際導彈打過來，每個人都感到異常緊張的氣氛。

艾格妮絲先逃到了附近街頭。她無處可去。

「對了，不如先去小節的公寓再說吧。」

小節就是那個在五反田的酒館「立花」工作的媽媽桑，自稱二階堂節子。她長得確實有點像女演員二階堂富美。

艾格妮絲再也不想被當成嫌犯對待了，決定再度使用假名「野村鈴」。她朝那棟簡陋公寓二樓的「205」號房門敲了敲，節子出現了。

「現在都幾點了！」

節子有些氣沖沖的，不過身為酒館工作人員，深夜十二點半也不算晚到打擾她的程度。

節子：「咦，這不是小鈴嗎？」

這是節子開門後的第一句話。

節子：「先進來吧！」

鈴：「打擾了。」

鈴久違的進入這棟有點老舊的公寓。

節子：「妳看妳，突然不見蹤影，又突然跑回來。」

鈴：「我沒其他地方可去。」

節子：「難道是被警察逮捕了？」

鈴：「嗯，也差不多。」

節子：「話說妳衣服怎麼這麼髒？臉上也髒兮兮的，簡直就像從地下通道逃出來的『尚萬強』，就是滿口『啊，無情啊』的那個。」

鈴：「那個，好歹也拿他女兒『珂賽特』當例子啊？」

節子：「去洗澡吧！洗乾淨了就叫妳『珂賽特』。搞成這樣真是浪費了美貌。」

野村鈴去洗澡了。彈痕和血跡都消失了，但十字架形狀的胎記還在。

洗完澡，野村鈴擦著浴巾走了出來，節子已經為她準備好睡衣。節子的身高比鈴高了差不多五公分，那套草莓圖案的睡衣雖然有點鬆垮，卻溫暖了鈴的心。

節子：「我不會告訴任何人的，妳是從哪個監獄逃出來的？」

鈴：「不是監獄，是從自衛隊的市谷駐屯所逃出來的。」

節子：「還有末班電車？」

鈴：「嗯，有。」

節子：「電視上說北韓的洲際導彈命中了自衛隊的基地，幸虧不是核導彈，他們說下次如果是核導彈，東京就全滅了啊。已經有人攜家帶眷的開車逃離東京了。」

鈴：「但是無論如何我們都要活下去。」

節子：「我是不懂什麼國際問題，但聽說臺灣被中國發射的導彈襲擊，正努力反擊中；日本的尖閣諸島也被中國佔領，海上保安廳有五艘船被擊沉了。還有札幌，被北方領土飛來的俄羅斯轟炸機炸成一片火海。」

鈴：「真糟糕，都不知道該往哪裡逃。」

節子：「田畑首相不見蹤影，也不知接下來會怎樣。」

在這個夜晚，節子又為鈴煮了一碗泡麵。鈴吃著泡麵，說，「真想再嚐嚐三軒茶屋的拉麵啊！」

之後，連節子都嚇一跳，大顆大顆的淚珠從鈴的臉上滾落，節子只好聽著鈴吃麵的聲音，默默地陪著她。

（三）

節子讓野村鈴休息了一天。

第二天中午過後，趁著鈴在看電視新聞的時候，節子做了簡單的蛋包飯。鈴笑得露出一口潔白的牙齒，用湯匙大口吃著蛋包飯，非常的開心。

節子：「現在說點重要的事情，妳好好聽著。很多人都來酒館『立花』調查。有暴力組織、警察、自衛隊，還有防衛省的人。有時候美國大使館、南韓大使館和中國大使館的人也會來。他們都在尋找妳的下落。」

鈴：「糟了，我遭到國際通緝了？」

節子：「青井店長能應付他們，負責調酒的今川先生也很會對付暴力組織。不過，聽說本山組組長被一個年輕女子揪住胸口扔出去，頭撞到天花板，昏了過去。力氣可真大。而且那個女孩像捏糖一樣把機關槍的槍管掰彎了，所有打出來的子彈也都偏離軌道。這簡直就是《駭客任務》嘛！像基努．李維演的那樣！聽說日本刀也被折斷成好幾截。現在，沒死的暴力組織成員們雖然非常害怕，但也在尋找那個年輕女子。店長告訴他們，我們店裡的占卜師娜塔莉是可以靈視和靈言，但一支湯匙也沒掰彎過，就把他們打發了。」

鈴：「我給大家添了好多麻煩。」

節子：「不過，那個叫市川五郎的小混混被逮捕了，他說那個女孩好像是自己在名古屋侵犯過的女高中生，還嚷嚷她是不是因為被四人輪暴，發狂變成怪物了，變成了復仇鬼，結果暴露了名古屋的性侵四人組，警察正在調查。當然，我沒跟警察提到妳。」

鈴：「既然如此，那件事就交給警察處理吧。現在的我已經沒有怨恨了，只把它當成是讓自己成長的『受難』。」

節子：「唉唷，現在的妳變得不一樣了喔。更有聖女風範了。那，妳還想再當占卜師嗎？」

鈴：「不了，我已經很沒有自信了。」

節子：「對了對了，搜查一課的那些人在本山組事件中得到那個女子不少的幫助，但是我聽說他們自從那女子被自衛隊奪走後，就失去了蹤影。」

鈴：「他們在市谷駐屯所，死去了或受傷了。」

節子：「就是那個洲際導彈爆炸的地方？」

鈴：「我第一次見到自衛隊跟搜查一課打起來。」

節子：「我大概知道是怎麼回事了。但是，現在不只是警方的公安在找妳，防衛省的什麼局的也想抓住妳，恐怕不到一個星期他們就會找到妳。」

鈴：「那個，妳知不知道我父親種田現在怎麼樣了？」

節子：「好像還在住院，目前最好先別見面了。不然會連累家人，肯定也有人埋伏在那裡。」

鈴基本上已經明白自己的處境了。

鈴：「或許，我還是應該去教會尋求保護。」

節子：「妳如果真的是女版基努．李維，教會大概也會把妳當成惡魔，把妳隔離在修道院的角落裡，所以妳現在不能去。」

鈴：「那我到底該怎麼辦？」

節子：「照這樣下去遲早會被找到，就看『公安』和『防衛省』誰比較快。我認識一個叫大貫先生的人，在一間由宗教經營的培養明星的公司工作，說不定他能幫上忙。」

於是，節子跟大貫約好隔天碰面，然而節子的電話早已被「公安」監聽了。

三十分鐘後，「特殊急擊部隊」的二十個成員包圍了公寓。鈴為了不給節子添麻煩，安靜地被他們逮捕了。

她被送上一輛窗戶被鐵柵欄圍起來的警備巴士，朝警視廳方向駛去。

化名野村鈴的聖艾格妮絲，在警視廳再次接受審訊。

公安和搜查一課的特別小組臨時組成了協同小組。

安然無恙的杉崎次郎管理官和搜查一課課長中山研一看到「艾格妮絲」重新落入手中，都鬆了一口氣。

公安方面的安西課長也很想解開此次神祕事件的謎團。

他們知道了山咲小組的遭遇，目前還能繼續做刑警工作的，只剩下名古屋來的野山滿刑警一人了，其餘的人已經生機渺茫。

他們還接到了防衛省的高橋秀樹特命局長、前島密男課長，以及航空幕僚長廣瀨高男均已死亡的消息。

他們必須妥善地善後那些政府高官的死亡，還要想清楚艾格妮絲的特殊能力，以及該如何應對戰爭。

（四）

中山研一搜查一課課長和公安方面的安西伸行課長決定打破慣例，共同調查野村鈴，也就是艾格妮絲的超能力。

中山：「重點要搞清楚她身上的超能力屬於哪一種，有多大的威力。如防衛省所言，視她威力的程度，再來判斷是否要將她作為國家的祕密武器，在超越法律規範之上活用。」

安西：「只要她拿出真本事，我們的手槍就毫無用處，距離很遠也能取我們的性命，只能慎重對待她，請她提供協助。」

中山：「搜查一課準備派出山根直之主任擔任負責人。他以前是日本保安特警隊，無論柔道、劍道、空手道、射擊還是擒拿術，都是頂尖的高手。而且人也長得帥，有點像山下智久，想必艾格妮絲也不忍心殺他吧！希望她可以假扮成山根的情侶，成為警視廳的祕密武器。」

安西：「那公安方面就派風見遙主任吧。她是東大畢業的，頭腦敏銳，擅長讀心術，能洞察人心，可以讓她守護艾格妮絲的內心。我們風見遙主任也是長得像綾瀨遙的美女，足以當功夫女星，大家都叫她『公安局的綾瀨遙』。」

中山：「既然如此，就委派這兩個人負責，讓他們根據狀況調派人手。」

就這樣，在鏡面玻璃背後，杉崎管理官、中山搜查一課課長、安西公安課長的注視下，房間的其中一室裡，山根直之主任、風見遙主任二人，與艾格妮絲分坐兩邊。

首先開口的是山根主任。他容貌俊朗，有著一流商社的菁英氣質。

山根：「艾格妮絲小姐，目前田畑首相行蹤不明，妳知道首相在哪裡嗎？」

艾格妮絲：「他害怕核導彈的襲擊，現在躲在新宿都廳附近的地下貯水場的管理室。」

山根：「妳看得到？」

艾格妮絲：「是的，只要集中意念就能清楚看見。」

山根：「現在首相在做什麼？」

艾格妮絲：「他正在好幾台小型電視機前關注局勢，但他害怕電話被外國間諜攔截，只用便條紙對外聯繫。」

山根：「目前首相平安無事，對嗎？」

艾格妮絲：「不過他身邊有主治醫生和二個護士陪同，還有五個人應該是日本保安特警隊。」

山根主任在心中大聲驚嘆：「哇！厲害！」

風見：「日本會變怎樣？」

艾格妮絲：「未來是由各種人們的意念和行動創造出來的，我個人無從得知。但可以肯定的是，目前正處於建國以來前所未有的危機中。」

風見：「照這麼說，我們警方已經無能為力了？」

艾格妮絲：「中國、俄羅斯和北韓派了很多間諜潛入日本，我想，公安有能力阻止他們。現在美國大總統已遭暗殺，ＣＩＡ也正積極行動中。」

山根、風見：「什麼？美國總統被暗殺！」

艾格妮絲：「目前電視和報紙還沒報導，歐巴馬伊登總統打高爾夫的時候被無人機上的小型導彈暗殺了，現在由黑人女性的黛博拉副總統代行總統職責。」

風見：「這對日本的國防來說是個大問題啊。」

山根：「暗殺的兇手是美國人還是外國恐怖份子？」

艾格妮絲：「是俄羅斯總統拉斯普丁在幕後策劃的，他認為在烏克蘭戰爭中掉進了美國總統的陷阱。實行暗殺的是從中南美洲移民挑選出來的恐怖份子。」

風見：「難怪防衛省比我們還想抓住妳。」

山根：「以我個人的觀點，一想到山咲小組的遭遇，就無論如何也想將妳放在警視廳的保護之下。」

艾格妮絲：「山咲主任明明已經出示警察證了，卻還是被機關槍打中了十發子彈，就算穿了防彈背心也無濟於事。過足道滿刑警的左眼被子彈打穿了，連陰陽術也救不了他吧。還有野山滿刑警，他的右大腿中了兩槍，如果沒傷到骨頭的話應該還有救。」

風見：「岡田由利刑警怎麼樣了？」

艾格妮絲：「她和我一起飛到了靈界，但是在半路上她就不見了。」

風見：「啊！什麼？妳也死了？」

艾格妮絲：「對，似乎是這樣。但我奇蹟似的復活了。」

山根：「妳是不死之身嗎？像金剛狼那樣？」

艾格妮絲：「那個，這個比喻好像不大好。我的復活多少有些宗教上的涵義。」

風見：「妳是想說類似耶穌的復活？」

艾格妮絲：「是的，我還得到了耶穌的幫助。」

山根：「既然是修女『聖艾格妮絲』，倒也合情合理。我替梵蒂岡認證妳是聖人吧。要是我中彈身亡了，妳能讓我復活嗎？」

艾格妮絲：「如果有愛的話。」

山根：「什麼意思？」

風見：「也就是說，如果是討厭的男人，就只能：『去死』。」

山根：「哇啊。」

這天的會面就到此暫告一段落。一直在鏡面玻璃後，全程注視的管理官們也認為，看樣子必須經由警視總監和警視廳長官向上呈報，由內閣大臣直接負責了。

接下來，艾格妮絲需要在警視廳的特別室暫住一段時間。

（五）

那天晚上，艾格妮絲做了一個夢。她夢見沖繩淪為火海，邊野古的海上基地的甲板型機場，遭潛水艇從水面下發射的導彈炸得面目全非。魚鷹直升機不是起火，就是橫翻在地，無法向尖閣諸島運送士兵。尖閣諸島上，中國軍隊正迅速有序地建築導彈要塞。

八艘逐漸靠近尖閣諸島的日本海上保安廳的船艦發出了中文警告。但海面上散佈著近三千艘中國漁船，從中飛來的無人機不斷發射導彈，一艘又一艘的日本船艦化為了海中的碎藻。

由於事態緊急，五艘海上自衛隊的護衛艦從佐世保匆忙趕到了尖閣諸島附近，然而從尖閣諸島上迅速建造完成的導彈基地接連發射出五百枚導彈，三艘護衛艦被炸沉，兩艘受損嚴重。但是無論形勢再怎麼緊急，在文官統治下的自衛隊，只要沒有文官領導，也就是沒有首相的命令就不能出戰。

三架反潛直升機也被中國漁船發射的火箭砲擊落了。

從岩國緊急出動的第31航空群十架噴射機，擊沉了兩架中國軍機，但中國軍機上配備了新型武器八岐大蛇改良型導彈，能一枚分裂成八枚，追上前來將十架噴射機全數擊落。

美軍主力部隊所在的普天間基地的夜空，被地心軌道核導彈染成了紅色。以二十馬赫的速度繞行地球，從澳洲方面飛來的核導彈，讓尖閣以及同時遇襲的臺灣徹底孤立。日本的自衛隊連自己的國家都保護不了，也無法兌現田畑首相的協防臺灣的外交承諾了。

不用說，美國也動搖了。由於歐巴馬伊登總統的死仍被隱瞞著，至今無法發出任何指令。

一回神，艾格妮絲的夢又飄向了朝鮮半島。

北韓從五個地方發射核導彈，瞄準南韓的五大主要城市。首爾一片火海。僅僅花了十分鐘導彈就擊中目標，美國的攔截系統還來不及做出反應。北韓的平壤廣播電台，呼籲南韓投降。但是南韓的青瓦台被核導彈命中，已經沒有人能出面交涉了。平壤廣播電台呼籲約六十萬人的南韓軍隊投降，與此同時，也播放了在日美軍基地遭到中、俄和北韓三國的核導彈襲擊，永遠失去了明天的訊息。

日本主要是美軍基地、自衛隊基地遭到攻擊。雖然現任防衛大臣恰好回近畿老家了，但新幹線已癱瘓，機場也被破壞到連ＪＡＬ和ＡＮＡ也飛不了的程度。而且訊號干擾過於嚴重，防衛大臣無法跟東京取得聯繫。

日本的主要城市相繼停電。由於之前一直大力推行擺脫化石燃料的政策，核電廠也幾乎都停止運作，太陽能面板被潛藏在日本的間諜一個一個的爆破了。俄羅斯也中斷了天然氣輸送。

艾格妮絲所在的警視廳也斷斷續續的停電，切換成自備電源供電。

夢中的情景雖說未必全部成真，卻也是現在進行中。因為，現在連電視機也打不開了。

「由於遭到北韓、俄羅斯、中國三國的同時進攻，畏懼導彈的田畑首相隱身不出。美國總統死亡。副總統的政治力量還不確定。但是，既然日本的美軍基地已經遭受核攻擊，那麼就算得不到聯合國決議，美國本土、夏威夷和關島方面應該也會發動反擊。我只能做好自己做得到的事。」

就這樣想著、想著，天亮了。

朝日、讀賣、日經、產經、每日、東京等各家報社，因為遭到攻擊，都沒能發行早報。

主要報紙都無法發行，連警視廳也只有東京體育、每日體育、日刊體育、日刊現代之類的報紙，但沒有一份報紙能清楚說明日本全國和世界當前的局勢。

NHK被來自俄羅斯憤怒的極超音速導彈命中，燃起了熊熊大火。日本電視臺則被中國的導彈擊中；富士電視臺被太平洋一帶某艘尚未確認的潛水艇發射出的兩枚飛毛腿導彈襲擊，兩家電視臺均陷入火海，人們只能依賴廣播。然而，資訊錯綜複雜，一切都取決於美國和歐盟將如何應對。

吃過了簡單的早飯，艾格妮絲被轉送到了防衛省。迎接她的是真野部審議官和祕書鈴木和美課長助理。在黑煙瀰漫的東京街頭，一台黑色車輛從櫻田門出發，向防衛省駛去。

（六）

在防衛省的審議官辦公室，艾格妮絲與真野部見面了。不同於防衛省「強而有力」的形象，真野部身形瘦小，黑框眼鏡深處那雙犀利的眼睛裡閃爍著探究真相的目光。

真野部：「對於今天早上的東京景象有何感想？」

艾格妮絲：「我從沒經歷過真正的戰爭，所以我只有一個念頭，那就是自己到底能做些什麼。」

艾格妮絲透過窗戶，朝皇居方向眺望著。那邊的森林已然被火吞噬。

真野部：「不必擔心，皇居的地下避難所非常堅固。由於首相畏懼核武，正躲在地下深處，目前代理指揮的是官房長官間宮弘一。女防衛大臣高杉滯留在近畿，發表不出鷹派言論。防衛副大臣和事務次官都在家裡待機，現在臨時由我負責防衛省的內部事務。」

艾格妮絲：「我不懂政府的組織架構。有什麼是我能做的，請告訴我。目前自衛隊有多少戰力？」

真野部：「還有百分之八十左右。但如妳所知，目前我國正遭受北韓、俄羅斯、中國三國的同時攻擊，不知如何進行防禦決策。」

此時，擔任祕書的鈴木和美課長助理端來了茶，也順勢坐了下來。

艾格妮絲：「鈴木小姐的職責是什麼？」

鈴木：「我奉命全面支援艾格妮絲小姐。高層考慮到我們同是女性，應該更容易溝通。」

鈴木看起來比艾格妮絲年長四、五歲。她是歸國子女，畢業於慶應法律系的菁英，而被防衛省錄用。

艾格妮絲：「首先，北韓的持續作戰能力有限，不妨先從這裡著手。」

真野部：「針對俄羅斯和中國，是不是只要美利堅合眾國不出手，我們便束手無策？」

艾格妮絲：「這一小時以內，北韓將發射洲際導彈。目標是關東地區。」

鈴木：「這裡住了四千萬人口啊！」

艾格妮絲：「所以，我們必須阻止導彈落地。」

真野部：「怎麼做？」

艾格妮絲：「向神祈求改變導彈軌跡。」

鈴木：「我不是質疑你，但是這樣的事真的能做到嗎？」

艾格妮絲：「主是全智全能的。沒有主神做不到的事情。」

真野部和鈴木互相看了一眼。

艾格妮絲：「啊！導彈已經發射了。是高飛軌道，目標是這棟防衛省的大樓。」

發射到六千公里的高空再落下的洲際導彈連「新型愛國者三型飛彈」也攔截不了，更何況市谷駐屯所已經遇襲癱瘓。從橫田基地進行攔截的可行性有多大？真野部的頭腦高速運轉中。

艾格妮絲：「不，不需要導彈。只需要向神祈禱『YES，U－

turn』。」

艾格妮絲雙膝跪地，擺好祈禱的姿勢。雖然沒穿修女服，還好專為她準備高雅的深藍色衣服，相當得體。

艾格妮絲：「由北韓發射的洲際導彈啊！請調頭回去。請飛往白頭山吧！」

她全神貫注地祈禱。大概過了十五分鐘。

統合幕僚長給真野部送來一張便條，上面寫著：「洲際導彈已轉回反方向飛去。」最後，洲際導彈撞上白頭山的半山腰。對北韓來說，那裡可是國家發祥的聖地。

白頭山發生了大爆炸。「YES，U－turn」成功了。火山彈襲擊了平壤市內，還嚴重波及到中國的東北部地區。隨後，大量的火山灰紛紛落下，火山熔岩洶湧而至，北韓北部的核導彈發射基地幾乎被熔岩摧毀殆盡。中國東北部地區的核導彈發射基地也一樣不能使用了。

平壤上空，火山彈一個一個地砸下來，金小恩總書記的影子替身一連死了五個。而最關鍵的獨裁者本人卻潛藏到地下避難所。避難所深達地下一千五百公尺，能夠承受原子彈、氫彈的攻擊。並且地下通道四通八達，能從避難所通往各個方向。

接著，艾格妮絲向主神獻上了「大地震的祈禱」。平壤的正下方發生了規模「九．〇」的地震。地面上的一棟棟樓房接連倒塌。

艾格妮絲本人能夠隔空透視，防衛省方面也接到了氣象廳的報告。報告稱，白頭山火山噴發，以及平壤發生了九．〇級直下型地震；至於到底是真的地震，還是地下避難所發生了核爆炸，目前尚在確認中。

航空自衛隊派出的F35戰鬥機也傳回報告稱，確認白頭山正在噴發和冒煙，還出現了火山碎屑流。

「呼！」艾格妮絲輕呼了一口氣。

真野部和鈴木對於艾格妮絲那深不可測的能力，油然而生敬畏之感。

「她真的是日本的Secret Weapon（祕密武器）啊！」真野部想。

另一方面，鈴木則想到，「那位先生」應該也出了不少力吧。她指的是那位真野部的同窗，日本首屈一指的宗教家。

（七）

另外一邊，駐俄日本大使館，日本的神月勝大使正陷入苦惱之中。明治以來，執政最久的安藤進之介在擔任首相期間，日俄關係非常融洽。現在的首相田畑三郎是當時的外務大臣。由於安藤擅於外交，田畑就如同顆棋子，完全遵照安藤的意思行事，所以也被稱為「聽話的田畑」，直接等著撿現成的。

安藤甚至邀請過拉斯普丁總統到自己的家鄉泡溫泉，假如他還能連任一任的話，日俄和平條約很可能就能成功簽訂。屆時，俄羅斯將歸還北方領土的兩個島嶼，日本則向俄羅斯的西伯利亞和庫頁島進行大規模投資，在不行使以奪回北方領土為目的的日美軍事同盟的情況下，兩國有望締結「和平條約」。

然而，突如其來的新冠病毒改變了一切。原本因為經濟復甦的成效和「建設強大美國」的政績，幾乎是已經確定連任的美國總統唐納・金，竟然被新冠病毒蔓延所導致的場外亂鬥而下台。起先，金總統揪住歐巴馬伊登的「疑似勾結中國」不放，結果後來被歐巴馬伊登反將一軍，將他「疑似勾結俄羅斯」的醜聞大肆爆料給媒體。媒體「反唐納・金」，視這次為奪回「媒體民主主義」的契機，因而倒戈支持歐巴馬伊登。最終，按照總統大選當天的計票結果是唐納・金獲得史上最高得票數當選，但是加上蓋有當日郵戳的郵寄選票的話，就變成歐巴馬伊登獲得勝利。但在媒體不斷互揭醜聞的情況下，美國民主主義陷入了混亂。

結果，新冠病毒、美國警察針對黑人的暴力執法事件，以及國會山莊示威遊行事件，都將唐納推入尷尬境地。而鼓吹媒體民主主義的歐巴馬伊登則當上了現任美國總統。內心幾乎與共產黨員無異的黑人女副總統也受到自由派媒體的歡迎。就這樣，儘管被懷疑失智，現任總統（已遭暗殺，暫時對外宣稱是住院）還是奪下了政權。

唐納．金和俄羅斯的拉斯普丁總統互相視對方為「天才」，還與那位被他叫做「小火箭人」的北韓第三代，奇蹟似的進行過兩次會談，成為史上第一位跨越三十八度線的美國總統。金感染新冠病毒的時候，北韓的「小火箭人」還曾發電報慰問他。他是美國罕見的談判高手。這樣的總統才配得上「諾貝爾和平獎」吧！

美利堅合眾國做錯了。正如金總統所言，虛偽媒體已經在美國成為主流；而民主黨的歐巴馬伊登總統則勝在時機巧妙的直言批評俄羅斯，以及將「新冠病毒源於中國」的嫌疑撇除了一乾二淨。

結果，歐巴馬伊登給俄羅斯的拉斯普丁設下了圈套。去年秋天，他開始向烏克蘭提供武器，實際上等同於將烏克蘭拉進了北大西洋公約組織的陣營，結果導致烏克蘭淪為戰場。歐巴馬伊登企圖透過讓北大西洋公約組織提供武器來奪回克里米亞，再粉碎掉宣佈獨立的烏克蘭東部的兩州。這就是歐巴馬伊登的計謀，完全不必弄髒自己的手，就能讓「民主主義國家」和「專制國家」的對立重回古典的、冷戰式的局勢。

由此，因歐巴馬伊登的戰略，重回冷戰時代的世界，開始出現奇怪的兩極分化。俄羅斯、中國、北韓、伊朗、敘利亞以及南美洲，與西方陣營形成對立。「敵人的敵人就是朋友」的思想開始復甦，迫於形勢，俄、中、北韓三國組成同盟。對於印度來說，跟隨美國，還是追隨俄羅斯成了難題。印度與俄羅斯在軍事上也友好起來，目的是防止受到中國的侵略。

另一方面，「Quad」（四方安全對話）是由美國、日本、澳洲、印度四國針對中國而組成的聯盟，意在防堵中國對亞洲的野心。不料這之中也橫生枝節。因俄羅斯、中國和北韓在極超音速導彈上技術共享，被甩到後面的美國，原本可以與日本和澳洲共同開發到明年年底，結果現在卻不確定「Quad」成員之一的印度，到底會在美國和俄羅斯之間選擇哪一邊。想當年，在唐納・金總統執政的時代，印度十幾萬民眾曾聚集在體育場迎接美國總統。現在回想起來，那些情景彷彿都成了虛幻的過去。看到兩黨政治如此靠不住，要把議會制民主主義、兩黨政治等制度引入中國一事，恐怕又得往後推遲。

雖然變成如此局面，神月勝駐俄羅斯大使還是想起了「那位先生」的忠告：「哪怕捨棄北方領土，也要簽訂日俄和平條約，把俄羅斯拉回八大工業國組織。」他抿緊雙唇，心想著：「真沒想到自己擔任駐俄大使的任內，會發生俄羅斯向日本發射導彈、轟炸北海道的局面；沒想到曾數度會面的拉斯普丁總統會被稱為戰犯，被當成『希特勒』對待。父親任職商社期間，自己的國中時代是在俄羅斯度過的，這裡可說是我的第二故鄉。無論如何，也不能讓俄羅斯成為日本的敵人。」他緊閉的雙唇宛如一字形。

於是，他以駐俄大使的身分多次要求會見拉斯普丁總統。然而俄羅斯方面因日本發起對俄金融、經濟制裁，以及向烏克蘭提供防彈背心等行為而十分不滿。神月勝駐俄羅斯大使萬萬沒想到，看似溫厚的田畑首相，竟然驅逐了駐日大使以外的八位俄羅斯外交官。結果，俄羅斯修建對日輸送天然氣管道的計畫果然化為烏有，日本公民免簽證到北方領土掃墓的待遇也遭取消了。鮭魚等海產捕撈配額的談判也變得艱難。最嚴重的是，日本凍結拉斯普丁總統兩個女兒資產的做法，徹底令他對日本的信任度歸零。諸如此類，對於日本而言只不過是貫徹「隨波逐流」的路線而已，但這卻導致自己身為駐俄大使的立場變得十分尷尬。明明之前多達八成的俄羅斯人都對日本抱有友好感情的。

拜那位號稱「烏克蘭志村健」的「倫倫斯基」總統所賜，俄羅斯的信用掃地，而烏克蘭則變成摔角的擂臺，波蘭和捷克的部分地區也遭俄羅斯製造的導彈轟炸。

原本英國脫歐之後，歐盟裡擁有核武的只有法國，而且他們所持有的導彈數量僅有三百枚。與此相對的是，俄羅斯目前持有將近七千枚核導彈以及八百枚ＳＬＢＭ（潛射彈道導彈）。歐盟本身如果不當美國的準殖民地，以換取美國提供核武的話，是無法跟俄羅斯開戰的。而事實上，美國正在向歐盟提供核武。日本的電視臺認為，俄羅斯最怕跟北大西洋公約組織開戰，無非是因為一旦打起來，問題就只剩戰場限定於烏克蘭，或是擴及整個歐盟，而狡猾的歐巴馬伊登不會讓美國成為戰場的。同理，日美同盟也是如此。美國打算將南韓和日本作為主戰場，來對戰中國和北韓。他是個擅於耍嘴皮子的卑鄙小人。他暗中搬弄是非，以試探對方國家的國民們能否持續信賴美國。

神月大使帶著一張日式榻榻米，來到克里姆林宮旁的紅場。他在背後立了一扇彩繪著富士山與櫻花的金色折疊屏風，自己一身素白，擺出準備切腹的姿態。他要進行絕食，直到拉斯普丁總統怒火平息、兩國恢復友好為止。他這樣的行動是在表態，他要跟完全被歐巴馬伊登總統附身的外務省劃清界線。

（八）

另一片土地上，臺灣正努力對抗著預期中的中國侵略。朱英娘總統望著白色煙霧和紅色的閃光，心中思量：「只要能堅持一週，日本和美國就會來救我們。」她認為畢竟中國也垂涎臺灣的「繁華」，不會把這裡變成一片焦土。

與此同時，接到了日本正在播報關於「北韓向東京發射的洲際導彈升至六千公里高空後並沒有落到東京，反而掉頭轉回北韓方向，命中白頭山半山腰」的新聞。同時有消息稱，出現這樣的結果似乎並非事故，而是源於某種物理能量，可能是一種叫做「YES，U-turn」的日本新型武器。那枚命中白頭山的洲際導彈為核導彈，因此引發白頭山大爆發，火山彈飛到了平壤及中國東北部地區，還出現了熔岩流，核導彈發射基地遭到嚴重破壞。金小恩總書記目前下落不明，很有可能逃到地下避難所了。

總而言之，日本擁有了新武器，無論是北韓或是中國，都很難再向日本發動核攻擊。如此一來，日美向臺灣伸出援手的可能性就會提高。

還有一份報告稱，臺北向中國北京發射兩枚長程導彈，命中了市區重要地點，對此，珍遠來主席非常震驚。

另外，現在臺灣正與對岸的福建省相互零星地發射導彈，但這並非北京的意思，福建省本身也不太情願。畢竟福建省與臺灣長期以來進行通商，至少不希望中國南部在臺灣的導彈襲擊下犧牲，變成火海。這份心情，想必兩岸是一致的。在雙方的空中對戰中，臺灣派出向美國購買的「F35」，它擊毀敵機的準確率能達到百分之八十，我方的損耗率僅在百分之二十左右。臺灣總統認為，美國第七艦隊很快就會抵達，日本自衛隊和澳洲軍隊也一定會來幫助臺灣，而且她還很期待日本的新武器。

另一方，美國第七艦隊正逐漸靠近尖閣諸島。亞伯拉罕．林肯號航空母艦派出三十架空對地導彈攻擊機，瞄準中國在尖閣諸島上構築的臨時導彈基地發動攻擊，並在第二波攻擊中全面摧毀，使目標淹沒於火海。

為了反擊人民解放軍偽裝成漁船，使用無人機擊沉海上保安廳八艘船艦的事件，美軍從兩萬英呎高空瞄準偽漁船開始發動精準攻擊。飛行員在亞利桑那州像打電動一樣操控無人機，從大約六千公尺高空襲擊直徑十公尺左右的目標，幾乎是百發百中。當被擊毀的漁船達上百艘時，中國的間諜船開始倉惶而逃。最終，尖閣諸島的守備轉由美軍的三艘護衛艦接手。與此同時，四架隱形轟炸機從關島飛行了四小時抵達了，其中兩架朝進攻南韓的北韓軍隊開火，隨後又轟炸了為保存戰力留守在平壤的部隊。因飛行高度超過了一萬兩千公尺，北韓的高射炮根本打不到它。

另外，兩架三角形的黑色隱形轟炸機朝上海和北京實施空中攻擊。此次屬於警告，沒有動用核武。

日本海上自衛隊和航空自衛隊，總算接到終於從地下鑽出來的田畑首相姍姍來遲的命令，開始執行任務。

美利堅合眾國的黑人女性代理總統黛博拉發表了簡短演說，明確表示一旦再發生針對南韓、日本、臺灣的攻擊行為，美國必將使用核武進行反擊，並暗示將使用洲際導彈（ＩＣＢＭ）。

日本政府也公開宣佈，由Ｍ重工研發的長程導彈已經準備就緒，今後將不排除向包括機場、導彈發射場在內的敵國控制區域，發動先制攻擊的可能。

將印度留在Ｑｕａｄ（四方安全對話）陣營的同時，消除俄羅斯在烏克蘭戰爭中對七大工業國組織，尤其是對日本的怨念，就成了當前的緊急要務。

在防衛省內，艾格妮絲用隔空透視關注著戰況。

艾格妮絲：「南韓的地面部隊很快就要向北韓發動攻擊了。而印度方面，『那位先生』正在勸說古普塔首相的守護靈。

在俄羅斯，拉斯普丁總統召見了神月大使，勸說自己已充分瞭解他的『武士道精神』，不要再絕食下去了，還給神月大使準備了咖啡歐蕾和『卡查普里』加了起司的麵包。

那麼，現在要考量的是接下來該怎麼做。啊！耶穌正準備把羅馬教皇派去臺灣。」

真野部審議官和鈴木課長助理兩人聞言後瞠目結舌。

（九）

那天，艾格妮絲已十分疲憊，決定回到位於代官山的日本銀行宿舍裡的庇護所。負責警備的警視廳搜查一課的山根直之主任，和公安方面的風見遙主任各帶一名部下住到艾格妮絲的隔壁房間，以便在發生緊急情況時保護艾格妮絲。此外，依軍事局勢的演變，如果防衛省需要聯繫時，則由他們擔任聯絡窗口。

艾格妮絲一直到淩晨兩點鐘都還沒睡著，之後勉強小睡了兩個小時。

分不清夢境還是現實，她看到大天使加百列鼓動著翅膀降臨，並收起偌大的雙翅的瞬間。這一次，艾格妮絲清楚看見了加百列的臉龐，他跟睡在隔壁的山根主任長得一模一樣，活像是染了金髮的山下智久。一身健碩的肌肉，看上去完全能勝任日本保安特警隊。

艾格妮絲：「您是大天使加百列大人嗎？」

加百列：「正是。昨天真是驚心動魄啊。我們天上界的天使們在這世間創造的奇蹟有限，而妳也正面臨到需要進一步增強使命感和心靈修行的時刻。」

艾格妮絲：「接下來我能做些什麼？」

加百列：「妳是唯一一位擁有十字架痕的熾天使。熾天使一共有四個人，是保護救世主的最高位大天使。不久的將來，妳應該還會得到耶穌・基督的親自指導。這意味著妳會被賦予超越東京大主教和羅馬教皇的權能。請妳超越世間的地位、名譽、權力，努力讓自己變得更具有靈性。」

艾格妮絲：「我是個有幸死而復生的人。我不會只顧自己，必將不惜身命的活下去。」

加百列：「有這樣的覺悟很好。只要與耶穌同在，就能興起任何奇蹟。」

艾格妮絲：「那個，恕我冒昧，我覺得您與負責警備的山根主任長得很像。」

加百列：「因為我也有靈魂的兄弟啊！」

艾格妮絲：「也就是說，山根主任是加百列在世間的分身？」

加百列：「這以後妳就知道了。不過，妳不可以愛上他。愛戀生執著，有了世間的利害算計，會讓惡魔有機可乘。即使他面臨生死關頭，妳也必須去完成自己的使命。」

儘管加百列大天使言辭嚴厲，艾格妮絲反而鬆了一口氣，因為她知道了天使並非只有她一個人。達成使命的孤獨之路上有夥伴同行，讓她由衷地感到開心。

她自始深愛著耶穌。當年，在名古屋發生的種種奇蹟，也不可能由自身的力量創造出來。一定是耶穌與我同在的時刻，才發生了那些奇蹟。

昨天用「YES，U-turn」使北韓的洲際導彈調轉方向也一定是借助了耶穌·基督的力量。接下來，北韓肯定還會向南韓、日本以及美國本土發射導彈，屆時一定要將它們全部掉頭回去，如此一來，他們的核武就徹底派不上用場。美國或許有能力憑藉自身的軍事力量保衛國家，那麼至少日本國土則由我來守護。艾格妮絲想著想著，再度進入了夢鄉。窗外終於開始泛白，天亮了。

艾格妮絲又到防衛省上班（？）了。

首先有件不得不處理的事情正等著她。由於沖繩遭到核攻擊，必須清除輻射危害。這可以用祈禱的力量來實現嗎？不，一定能的。艾格妮絲在十分鐘的時間內，向神與耶穌祈禱著。於是，沖繩出現了巨型龍捲風，並在沖繩上空移動著。莫名逃過一劫的朝日電視臺對此進行了報導。龍捲風像空氣清淨機一般，將放射性物質吸進去，又朝太平洋方面移動而去。並且，最後被深達一萬公尺的海溝吸進去，慢慢地消失了。

接下來，據說轟炸北海道札幌的俄羅斯轟炸機，是從成為軍事要塞的北方領土飛來的。對此，艾格妮絲獻上了「北方領土俄羅斯基地的大地震祈禱」。祈禱大約進行了十分鐘。隨後，北方領土發生規模「八·九」的直下型地震。空軍基地的地面劈啪地開始裂開，一架接著一架的轟炸機被裂縫吞噬，連導彈基地也開始發生原因不明的自爆。俄羅斯軍隊的東部軍管區司令部所在地的哈巴羅夫斯克向莫斯科報告，稱當地發生了緊急事態。派出噴射機飛過去一看，發現北方領土全域黑煙滾滾，基地幾乎已被徹底摧毀，推測是日本使用「最新·地震武器」所造成的。原本俄羅斯也在地震武器的研究上頗有進展，因為美利堅合眾國的西海岸有斷層，俄羅斯想過使用人造衛星攻擊該處，以人工引發大地震。

很可惜，該領域已被日本超越了。日本的人造衛星針對北方領土發動了人工地震攻擊。哈巴羅夫斯克的東部統合戰略部隊認為，該攻擊或許是採用了某種電磁波。目前他們還不知道，那是因為艾格妮絲的「祈禱的力量」得到了神的幫助。不久，從阿拉斯加發射的五枚洲際導彈落在俄羅斯的主要城市。

聽到祕書官的報告，俄羅斯總統拉斯普丁大吃一驚。

神月駐俄大使一度陷入沉思的眼睛猛地睜開了，他向拉斯普丁建言：「現在正是宣佈日俄友好的最佳時機。」那彷彿被神靈附體的樣子，令柔道八段的拉斯普丁總統也不禁戰慄起來。

拉斯普丁：「我會重新考慮的。你們的神和俄羅斯的神，必定是同一人物。」

總算向前推進了一步。

（十）

第二天，防衛省一片慘狀，那裡突然遭到附近公園飛來的兩架無人機的攻擊。

艾格妮絲所在的七樓平安無事，但由於被南北夾擊，窗上的玻璃碎了一地。

那兩架無人機似乎是改良型的，將小型導彈發射出去之後，無人機本身便會變成炸彈，在防衛省內爆炸。想必是為了不留下證據吧！恐怖份子們應該就藏身在附近飯店的某個房間，遠端操縱無人機。

身處七樓特別室的艾格妮絲順著緊急逃生樓梯往下跑，在三樓的樓梯間，她碰到了正從樓下往上趕來的山根主任和風見主任。

山根：「啊，妳沒事吧！野村鈴小姐。」

艾格妮絲在此時突然意識到，在防衛省內部有其他人在場時，他們會特意用「野村鈴」的名字來稱呼自己。

其實，艾格妮絲想跟他說大天使加百列的事，並投入他的懷中，但是他所想的唯有盡忠職守而已。風見遙也擔心地問：「有沒有受傷？」從隨後順樓梯往下走的人那裡，他們聽到金山政務官受重傷的消息。連防衛省也不安全了。

就連能隔空透視的艾格妮絲也沒注意到有無人機飛來，正在室內談話的時候防衛省就遇襲了。但山根主任認為，「一定是潛藏在防衛省內部的間諜向恐怖份子洩露了情報，企圖使用無人機來襲擊艾格妮絲本人。」敵方快要釐清真相了。防衛省的內部人員就是最清楚日本並沒有新武器。因此，他們懷疑，突然出現在防衛省的艾格妮絲就是「超能力者」。

洩露情報的不太可能是防衛省的真野部審議官和鈴木和美課長助理。但是，不管是北韓洲際導彈的「YES，U－turn」，或是將沖繩的放射性物質清除的龍捲風，都以某種途徑一直向上彙報到高杉防衛大臣那裡。並且，高杉防衛大臣應該也向首相做了彙報。那麼，推測情報可能是在層層傳遞的過程中遭竊取的，又或者是電話遭到竊聽。很遺憾，如此一來，很難再從防衛省內遠距指揮日本的防衛工作了，否則將會造成很多防衛省的內部人員失去性命。眾人走出去一看，消防車、救護車、警車往來交錯，到處一團糟。

山根主任等人計畫盡可能將艾格妮絲送到遠處。為掩人耳目，他們刻意用計程車，把艾格妮絲帶去另一隱蔽住處。

然而，當他們沿著護城河奔跑的時候，突然，藏身在某棟大樓樓頂的狙擊手向他們開火了。子彈擦身而過，打得柳葉簌簌掉落，護城河面上水波激盪。

艾格妮絲：「對方也有超能力者，他知道我的存在。」

山根：「我以前是日本保安特警隊的人，很熟悉保護要員的警衛工作。我會在一小時內集結日本保安特警隊五人小隊，現在先躲進那邊的百貨公司。」

對方使用的是來福槍，所以不適合在人群中狙擊目標。但問題是，倘若恐怖份子是數人共同行動，只要能相互取得聯繫，就還是有可能遭到手槍或匕首的襲擊。

山根和風見遙一前一後將艾格妮絲夾在中間，逃進百貨公司內的喫茶店，之後山根才向警視廳請求派日本保安特警隊前來支援。

艾格妮絲對山根說：「沒關係的。既然我已經知道被盯上了，就不會掉以輕心，所以子彈也好，刀劍也罷，我都不怕的。」「只不過，如果對方會隔空透視和讀心術的話，我們一想自己的事，藏身場所就會被鎖定。請風見小姐和我一樣把自己想像成是在丸之內上班的ＯＬ，請山根先生想像自己是銀行職員吧。」「還有，時而想想日比谷公園，絕對不要想防衛省的事件。」

山根按照艾格妮絲所說，想像自己是銀行職員，還回想起了藏在日本銀行地下的金庫。他想，要是藏在那間金庫裡的話，既不怕炸彈，推測超能力者的心靈感應也進不到那裡吧。

艾格妮絲：「山根先生，那樣行不通的啊！總不能跟日本銀行地下金庫裡成捆的鈔票一起生活吧？」

啊，怎麼回事？為什麼艾格妮絲一下子就知道了自己在想什麼。這下山根明白了「無念無想」有多難。

很快，山根以前在日本保安特警隊的夥伴趕來了。山根沒出聲，在筆記本上用筆談交流。

「總之先移到安全的地方去。這個人是人間國寶。以後再跟你們解釋。」前來支援的三人，峰岸一夫、寶田進和安西千惠美是山根之前的部下。他們三個人再加上公安部門的風見遙和自己，正好集結成五人小隊。這是保護要員的警衛基本配置。

山根：「那個，ＯＬ風見遙小姐，妳是東大畢業的吧？那妳擅長的應該就是學習吧？」

風見：「別小看我，我可是合氣道三段。以前總是被變態和跟蹤狂騷擾，所以乾脆練了合氣道保護自己。學習就跟普通東大生一樣，我可是憑體力當上公安的喲。」

峰岸：「照這麼說，一對一格鬥就不成問題了？」

風見：「不只格鬥，我還練過弓道，視力特別好。總有一天我也想試試當個狙擊手。」

這時，店員端來了咖啡和紅茶。

安西千惠美說：「這裡的巧克力冰淇淋聖代可好吃了。」當然了，她也扮成了ＯＬ，穿的是便服，所以這樣說話沒問題。

寶田進閒聊起來：「我一直覺得山根主任很適合當演員。以後要是轉行了，考慮演個刑警題材的電視劇之類的吧！」

山根：「說起來，風見遙小姐長得跟那個叫綾瀨什麼的女演員很像啊。」

風見：「是啊，我們唯一相像的是，都是岡山農家出身。」

五個人就這樣一邊閒聊著，一邊筆談決定將位於池田山已經沒再使用的法院宿舍當成警視廳的庇護所。

山根：「聽說那裡有白鼻心出沒。」

說完，眾人一起動身坐上了地鐵。他們一邊祈禱恐怖份子不是集團行動，一邊朝品川區方向轉移。

（十一）

池田山是一片高級住宅區，美智子上皇后就出身於此處，格調極高，治安又好。一旦出現可疑份子很快就會被察覺。而且附近派出所有兩處，緊急情況下方便呼叫支援。在豪宅林立的街角一隅有塊三百坪的土地，以前是最高法院的宿舍。鋼筋混凝土結構的建築物有些老舊了，裡面能住下九戶人家。據說，女演員松山友子幾年前從「ＡＫＢ」的Ｃ位畢業，首次擔綱女主角的電影《被詛咒的社會住宅》就是在這裡拍攝的。附近有一小片竹林，很多人都說在那裡目擊過白鼻心。

山根：「這裡雖然有些霉味，但隱蔽性不錯。而且附近就有便利商店，方便買食物。鈴小姐知道自衛隊和警察的差別嗎？」

鈴：「自衛隊有配備炊膳車和野營帳篷，警察沒有。」

山根：「答對了！我們警察買便當，找自動販賣機買罐裝咖啡喝。所以，我們其實不太擅長夜間警衛。」

風見：「你把我們兩個女孩子當家政婦了？」

安西：「不，我以前做過摻了毒藥的咖喱飯，因為我想知道人類致死劑量是多少。而且我還特別擅長指使男人做家事。」

峰岸：「好了好了，大家輪流出去買吃的，打掃房間就叫閒著沒事做的鑑識部門的人來做。你們都冷靜點。」

就這樣，三樓的四個房間成了他們的宿舍。出入口和走廊裡裝有監視器，晚上打開紅外線，只要有人出入就會發出「叮咚」的聲音。大家祈禱長得像狸一樣的白鼻心不要出現。為以防萬一，不但屋頂上也安裝了監視器，山根主任和峰岸巡查部長的房間裡還準備了機關槍，以防恐怖組織襲擊。順便一提，主任是警部補，相當於巡查部長的上司。

大家認為當天晚上能平安無事地度過。野村鈴，也就是艾格妮絲，在夢中見到了再現的九次元救世主的世界。這一次，她清清楚楚地看到了主神愛爾康大靈的真實面貌。主神身處鑽石築成的房間裡，一個又一個的螢幕依序出現在那尊王座前，主神注視著地上的情況。其中一個螢幕上出現了身處池田山的艾格妮絲等人的身影。其他螢幕上正重播北韓核導彈的「ＹＥＳ，Ｕ－ｔｕｒｎ」以及「沖繩出現龍捲風」的場景。

「主知曉一切。」艾格妮絲想著。

此外，螢幕上的某個畫面中，播放著主自身的一部分轉生為世間肉體，在東京的「彌賽亞神殿」裡祈禱、遠距透視的樣子。「啊，原來主時刻關注著整個世界啊！」想到這裡，艾格妮絲的雙眼不由自主地流下了眼淚。就在這時，出現在螢幕上的那個人朝艾格妮絲的方向轉過身來。

原來，對方也能看到這一邊。那個身影，就是大家隱晦稱呼為「那位先生」的人。

艾格妮絲看著影像出神。「那位先生」正在召喚非洲的祖魯神。這個影像似乎是一兩年前的。祖魯神長著牛的臉孔，頭上長著牛角，右手握著槍，槍頭是用銀打造的，其姿態看來打敗惡魔也不在話下。祖魯神身高超過三公尺，甚至可能達到了五公尺。

「那位先生」，是的，也就是主神的分身，正在向祖魯神詢問該如何看待中國的「讓新冠病毒蔓延之罪」。祖魯神回答：「那就讓他們的農作物歉收吧！」於是，從非洲的中部、東部地區生出數千億隻蝗蟲，如雲一般乘著偏西風向東襲去。中國政府發現之後，向巴基斯坦派出十萬隻鴨子軍團，目的是讓十萬隻鴨子迎擊農田裡啃食穀物的沙漠蝗蟲。

但是，鴨子軍團沒能把成群的蝗蟲抵禦在巴基斯坦境內。蝗蟲終究飛到了中國本土，被蝗蟲侵襲過的稻田和麥田轉眼間變成一片片荒地。

「啊，原來歉收和饑荒也在神的操控之下。」艾格妮絲明白了。這是神在運用大自然的力量，向專政和人權鎮壓表示「反對」。想必，螢幕上播放的中國揚子江和黃河的洪水災害也是如此吧。數千萬戶人家遭到洪水席捲實在是前所未聞。

然而，由於政府對資訊的管控，房子被洪水捲走的畫面並沒有出現在電視上，僅有幾張不知是誰用手機拍攝的照片，做為部分情報上傳到網路上。中國人民知不知道維吾爾自治區的人權鎮壓？知不知道新冠病毒的製造責任正在被追究？人民察覺到神意、天意了嗎？還是說，要繼續作為珍遠來主席的僕人生活下去？

基本上，中國口口聲聲「民主主義」，卻不明白「國民主權」為何物。一味用鎮壓令國內人民心存恐懼，珍遠來主席就像侵略了南蒙古、維吾爾、西藏的毛澤東主席一樣，認為只有統一了臺灣，才能成為真正的專制君主。現今的中國已經不再需要神，因為他們企圖讓秦始皇—毛澤東—珍遠來的路線成為神的族譜。他們認為臺灣大可以像西藏一樣，在馬來西亞之類的國家組建個流亡政府就行了。他們打算不費吹灰之力地把朱英娘總統趕出臺灣。然而，臺灣問題並不屬於中國所宣稱的內政問題。擁有自由、民主、信仰、議會制度的臺灣，是從日本的統治下獨立的，臺灣從來沒有受過中華人民共和國的支配。至少，「那位先生」是這麼認為的，他正在設法保護臺灣。

艾格妮絲在思考自己能做什麼的過程中陷入了沉睡。

（十二）

阿蘇火山噴發了。火焰從火山口直衝三千公尺高空，在九州一帶落下了火山彈和火山灰，還發生了火山碎屑流。阿蘇火山的噴發和北韓白頭山不是同一性質。

但是，有種不祥的預感。野村鈴，也就是艾格妮絲，感覺到危機也即將逼近日本。由於報紙發行於全國各地的大報社，喪失了報社總部的功能，只能在地方報紙的協助下，發行了八頁左右的報紙。電視臺方面，剩下莫名逃過一劫的位於六本木的朝日電視臺目前還在，據傳聞，推測是因為朝日電視臺在報導北韓、中國和俄羅斯的新聞上相對溫和，令敵國比較滿意，再加上對方也想透過訊號瞭解日本的情報，所以才得以倖免的。

那天傍晚四點左右，新聞播報了位於紀尾井町的文藝春秋社被炸毀，新潮社也幾乎在同一時間被炸毀的消息。起初，推測與前幾天的防衛省遭無人機襲擊屬於同一性質的事件。警視廳的反恐小組透過各種分析，認為與之前一樣，是源自於中國的犯行。對此，北京的外交部發言人言辭激烈，稱：「完全是無稽之談。這深深傷害了熱愛和平的中國人民的心。強烈要求日本政府道歉。」山根主任說：「真會說啊！說什麼熱愛和平的中國人民。留著朝日電視臺就是為了播報這種消息吧。」

儘管如此，文藝春秋社和新潮社各自的辦公大樓被摧毀殆盡，但附近大樓卻完全沒受到波及，推測可能是用無人機從高空垂直向下發射的導彈。在不被自衛隊察覺的情況下發動如此高性能的攻擊，恐怕是只有能從兩萬英呎（六千公尺）高空，精準擊中直徑十公尺以內目標的美軍才能做到。主要報紙的影響力被削減的當今時代，即便週刊文春、週刊新潮擔負起了一部分的日本輿論，但從週刊文春總編的頭、身體和四肢被炸得四分五裂、週刊新潮總編的焦黑屍體的照片可以看出，很可能是因為他們在烏克蘭戰爭時期，每週都發表拉斯普丁總統是瘋子、是大量殺人犯、是希特勒再世等言論而遭到了報復。

但不管怎麼說，兩家出版社的建築物起火、超過三分之二的死傷者也太過慘烈了。令人不得不感嘆時代的變化。儘管週刊上的言論不可盡信，但網路新聞更是雜亂，讓人看都不想看一眼。

就在這個時候，總部的中山搜查一課課長打來了電話。

據他說，根據美軍的分析，是祕密侵入東京灣的北韓潛水艇發射的高度兩百公尺左右的低空導彈，穿越於建築物間的縫隙飛行至目標地點，炸毀了兩家出版社。由於極度精準的攻擊容易讓日本國民產生恐慌，因此消息暫時沒有曝光，目前已經派出四架反潛直升機逼近北韓的潛水艇，待擊沉敵人之後再公佈。

山根嘆了口氣。

「真頭痛啊！襲擊防衛省的是中國無人機。無人機有六成都是中國製造的，技術水準應該很高。那麼，前幾天襲擊我們的恐怕也是中國的恐怖份子和超能力者。今天精準襲擊出版社的是北韓的高性能導彈。而大臣們都打算躲起來。尤其是住在日本的中國人多達兩百五十萬人，警方應付不過來啊！」

艾格妮絲：「山根先生，比起這個，我感覺到危機正在向日本步步逼近。日本列島的太平洋沿岸，尤其是東京周邊地區地震過於頻繁。萬一富士山噴發了怎麼辦？阿蘇火山已經噴發，富士山的噴發恐怕也要從猜想變成現實了。還有，東京若發生直下型地震和大型海嘯也很棘手，單憑我一個人的力量遠遠不夠。」

山根：「為什麼妳認為會發生那些事？」

艾格妮絲：「是神。國外有很多作惡的國家，但日本也稱不上有多好。唯物論、無神論如此盛行，跟中國有什麼分別呢！而且我還感覺到，歐巴馬伊登先生等人的民主主義是『不相信神的存在的民主主義』，認為只要把存在主義式的現世生命保護好，只要活著的時候幸福就可以了。前總統唐納．金執政的時候，曾說過『就算新冠病毒蔓延，教會也應該敞開大門，不可將向神求救的人們拒之門外』。但是歐巴馬伊登卻沒有『信仰』，只推崇世俗的繁榮競爭和人權平等。俄羅斯的拉斯普丁總統明明是一位有信仰心的人，卻被扣上『惡魔』的帽子。真是太奇怪了！」

在與艾格妮絲交談的過程中，山根也開始感覺到，神、信仰等等是基於法治國家之上的東西。

在這個噩耗傳來的夜晚，艾格妮絲想著今天肯定要做惡夢了。深夜兩點半左右，他來了。艾格妮絲立刻識破對方是惡魔，所以並沒有驚慌。

惡魔：「我連耶穌也試探過了。耶穌連把石頭變成麵包也做不到，我對他說『跳崖吧，天使會張開翅膀來救你的』，結果什麼奇蹟也沒發生，他就是個沒用的男人。到頭來，十二弟子中的其中一人為了那麼一點錢就出賣了他，以至於他被釘上了十字架。如果他真是神，那為什麼他沒有被拯救呢？」

艾格妮絲：「不是這樣的。主神不但把中彈而亡的我召到了天界的王座前，還允許我復活。耶穌也是如此，被釘上十字架後的『復活』正是基督教的中心。人類會『經歷』，但神可以『創造』。你的論點是蒼白無力的。」

惡魔：「惡魔擁有永恆的生命，但你們人類的生命卻是有限的。神甚至連人類製造出來的無人機、導彈之類的武器也戰勝不了。現在，支配人世間的是我們惡魔。一兩個天使降臨世間也根本沒什麼用。妳能阻止俄羅斯、中國和北韓的核導彈嗎？妳能阻止美利堅合眾國用核導彈

（ＩＣＢＭ）把反對他們的國家的人們全都殺了嗎？妳能阻止聯合國的分裂嗎？」

艾格妮絲：「你是別西卜吧！地獄界的ＮＯ.２。你總是嫉妒神，所以你只是在反抗而已吧。你操縱睡魔、操縱色情。但是，惡魔支配不了純潔無染的靈魂。」

別西卜：「迷惑妳這樣的修女是再簡單不過了。怎麼樣！被四個年輕人侵犯的感覺好不好啊？把四個強壯男人殺死的感覺痛快嗎？原本妳作為女人，在這個年齡階段，正該體會到被真正的男人所愛的愉悅。只有像抹大拉的瑪利亞一樣跟很多男性做愛、成為性愛高手，才能成為耶穌的新娘。」

艾格妮絲：「我是死過一次的人。因為是靈魂的復活，所以我的職責是告訴人們什麼是靈性生活，什麼是由神創造的真實世界。迷惑我是沒有用的。我已經成為了耶穌的新娘，也是天父的女兒。與其屈服於別西卜的誘惑，我寧可死在十字架上。十字架之女死在十字架上有何不可？」

惡魔嘆了一口氣。

「但戰爭這種東西，肯定是惡魔在作祟。妳能忍受十億、二十億的人類死去嗎？我們已經在新冠病毒的戰爭中讓近十億人感染，死者達數千萬人。他們都會變成地獄的軍隊。就是因為他們痛恨神吧！」

艾格妮絲：「我的信仰不會動搖。我會拯救死者的靈魂，也會拯救生者的靈魂。導彈殺得死肉身，但殺不死神聖的靈魂。人類面臨危機的時候，也是顯現神的奇蹟之時。主和耶穌，與我艾格妮絲為一體。」

別西卜：「真可惜。明明跟山根君結婚，組織家庭、生兒育女才是妳的幸福。想和整個惡魔軍隊對抗，多麼無知，多麼傲慢，多麼愚蠢！再讓妳嚐一次地獄的苦頭……」

這時，大天使米迦勒趕來幫她了。「艾格妮絲，妳不是一個人。」

說著，他趕走了別西卜。

（十三）

有別於神月駐俄大使「神風突擊」式的行事風格，倫倫斯基總統欺騙式的烏克蘭防衛政策令俄羅斯政府大為光火。倫倫斯基因得到了北大西洋公約組織的軍事支援而洋洋得意。接到俄羅斯黑海艦隊旗艦的導彈巡洋艦「莫斯科號」，被烏克蘭軍隊的巡航導彈擊沉的報告後，拉斯普丁總統做出了決斷。

①針對烏克蘭的倫倫斯基總統，必定要活捉，要不就送他去地獄。

②摧毀首都基輔。

③針對向烏克蘭提供支援，以及企圖加入北大西洋公約組織的國家，不排除使用核武進行攻擊的可能。

④最終要迫使北大西洋公約組織解散。

拉斯普丁總統的怒火久久無法平息。世界上的大多數媒體，皆恣意散播假新聞。有二十萬的烏克蘭軍隊被只有十七萬五千的俄羅斯軍隊從北、東、南三個方向包圍起來。假如此時俄羅斯不對烏克蘭進行軍事干預，美國總統歐巴馬伊登的謀劃就會得逞，無論是克里米亞還是俄羅斯遠東地區的兩個獨立州，必將遭到烏克蘭軍隊的大屠殺。烏克蘭欺騙了歐盟和北大西洋公約組織，讓俄羅斯成為世界公敵，倫倫斯基總統變成英雄，拉斯普丁總統卻成了希特勒再世，這絕對不可容忍。拉斯普丁總統終於下定決心，要把六千枚核導彈發射到有問題的歐盟成員國以及美利堅合眾國。他認為，神不會允許美利堅合眾國那種獨善其身式的領導。

實際上，受到拉斯普丁總統支持的俄羅斯正教，不惜站到了梵蒂岡羅馬教皇的對立面。事件的背後也存在著宗教戰爭。在美國的年輕人和孩童當中，無信仰和唯物論者達到了百分之五十，有信仰的人們受到欺壓，乃至掀起了一場新的保衛受欺壓孩童的運動。

這一切，都是歐巴馬伊登的低級靈體質所引起的。

那天晚上，拉斯普丁總統把自己關在了祈禱室。在三十分鐘左右的時間裡，他面對神凝思默想，自己的想法有沒有錯誤，有沒有受到私心的煽動。這時，從天上落下一顆光球一般的東西，過了一會兒，從光裡走出一位持杖的獨眼老人。

拉斯普丁：「您是奧丁神嗎？承蒙您在長達一萬年的歲月裡，護佑這片北方的國土，我感到無上光榮。過去，無論是俄羅斯、波羅的海三國、德國、英國，還是如今的敵國烏克蘭，都曾經將您奉為國王般崇拜。目前，美國主導的勢力正企圖將烏克蘭拉入ＮＡＴＯ（北大西洋公約組織），企圖孤立俄羅斯，將俄羅斯逐出國際社會。假如造成如此局面是源於我個人的利己心，請您訓斥。但如果我想保衛俄羅斯、復興俄羅斯的心願能得到神的認可，那麼懇請您指引正確的道路。」

奧丁：「拉斯普丁啊！想把俄羅斯從無神論、唯物論中拯救出來，使其邁向嶄新繁榮的人是我。把你長期執政看做是獨裁者的利己主義，是歐美各國。我自身是主神愛爾康大靈的一部分。美國的喬治・華盛頓和林肯也曾得到愛爾康大靈的一部分之托斯神的指引。唐納・金總統也聆聽過托斯神的聲音。所以你們可以相互理解神的旨意。然而，歐巴馬伊登以及代行總統職的黛博拉副總統，無法接收到托斯神的聲音，因此他們才會誤會你是惡魔。他們認為，博取到凡人聚集的媒體的歡迎才能成為掌權者。搞笑藝人出身的烏克蘭的倫倫斯基總統也在扮演著英雄的角色，他堪稱電視時代的天才。

也就是說，無論是歐巴馬伊登或是倫倫斯基，都誤把媒體的集合意念當成了『神』。對此，托斯神也很苦惱。日本的天御祖神也是愛爾康大靈的一部分，他對日本的信仰心日趨薄弱，逐漸淪為唯物論和推崇現世利益的國家而感到羞恥。對日本，以及身為愛爾康大靈一部分的釋尊所指導的印度，你必須加以重視。引導美利堅合眾國邁向真正的信仰，將自由、民主、信仰、議會制度導入無神論橫行的中國，是當下神的心願。

堅定你的信仰心，把倫倫斯基逐出場外吧！烏克蘭人民是你們的兄弟。你們要攜手合作，共同開拓未來的道路。」

拉斯普丁總統確認了神有護佑俄羅斯之心願，這讓他鬆了一口氣。

而且，神還暗示了美國總統歐巴馬伊登的死亡。原來真的死了啊！但是CNN只報導稱歐巴馬伊登因輕度腦梗塞在打高爾夫時暈倒，預計要住院一個月左右。無論如何俄羅斯也要在唐納．金總統當選下一任總統之前，打敗黛博拉代理總統。與此同時，還要與日本和印度締結友好關係。

我想要向神月大使傳達，在軍事上已經沒有用處的北方四島可以歸還給日本，但希望田畑首相不要再盲從於美國，最好安藤前首相能再度執政，或者由能夠繼承安藤執政路線的人擔任下一任首相。如此一來，就有望簽訂日俄和平條約！既然俄羅斯和日本信仰的是同一位神明，應該可以相互合作。另外，在重視俄印關係的同時，等待前任美利堅合眾國總統的復活吧！

中國向世界發動新冠病毒戰爭，結果病毒在自己國家也開始蔓延，接下來會有數百萬、數千萬乃至數億人感染吧！這就是「播下什麼種子，就要摘下什麼果實」的法則。

拉斯普丁終於整理好了心情。「那位先生」對於他的心境已然瞭若指掌，同時也把這些未來願景傳送到了艾格妮絲的心中。

艾格妮絲的心弦繃了起來。她終於進入了神的領域。身為大天使熾天使之一，她必須去達成自己肩負使命的日子近了。

淨化日本，讓陷入戰亂的世界恢復和平，是曾經連救世主也沒能實現的新時代的需要，現在，它成為艾格妮絲的使命。

（十四）

在銀座的竹葉亭，艾格妮絲吃著鰻魚飯。久違的防衛省的真野部審議官想見她，於是借此機會讓他請客，請自己吃鰻魚飯。

真野部：「自從白頭山噴發以來，北韓落入劣勢，日美韓三國在當前局勢中佔據上風。目前的重點是摧毀剩餘的導彈發射場，以及全力追捕金小恩。北韓擁有約五百五十架作戰用航空機和七十四架米格戰鬥機當中，能用的只占兩成，所以我們已經奪取了制空權。二十五艘潛水艇也在日本海上自衛隊的反潛直升機和護衛艦、潛水艦的攻擊下，幾乎被全部殲滅。我想請教妳的是，金小恩潛伏在哪個地下避難所？」

說著，他將朝鮮半島地圖展開在艾格妮絲面前。艾格妮絲正把鰻魚往嘴裡送，雖說有點不合禮儀，她用筷子尖指了指地圖上北韓的「南浦」。

「明白了。」真野部一邊回答，一邊拿起手機撥電話給某處。十五分鐘後，美國第七艦隊派出轟炸機，向艾格妮絲指出的地點發射了數十發鑽地彈。地下避難所的電梯起火了，避難所與外界的連接隧道也被炸毀。金小恩的生命終止於四十餘歲。藏身在平壤郊外農家裡的NO.2，金小恩的妹妹金玉孃，被南韓軍隊捕獲。由此，金氏王朝滅亡，剩餘的導彈發射場也接連被摧毀。金小恩的影子替身透過偽造的電視影像煽動「抗戰到底」，但在掀起的內部革命中，他也被射殺了。他似乎是最後一個影子替身。從此，北韓決定歸從聯合國管轄，以放棄核武的狀態被南韓兼併。

對此十分震驚的是正與臺灣交戰的中華人民共和國。所謂唇亡齒寒，北韓儘管是小國，卻是保護中國這顆「牙」的「嘴唇」。它的陷落對中國的衝擊太大了。

「北韓明明擁有核武，卻沒能保衛住國家啊。」

珍遠來中國國家主席大為失望。

但臺灣的朱英娘總統非常高興。很快，日美兩軍就會趕來救援。中國南部地區也興起了獨立運動。一旦遭到日美兩國的攻擊，中國南部應該就會淪陷。實際上，單憑臺灣的砲擊和導彈攻擊，已經擊沉中國海軍的五十艘登陸艦，坦克車隊也隨船一起沉入海底。推測中國對臺灣實施核攻擊的可能性較小，因為一旦動用核武，在中臺問題上長年堅持「臺灣問題屬於內政」的中方論述就站不住腳了。

然而，事態的進展卻沒那麼順利。正趕赴臺灣救援的美軍第七艦隊的航母亞伯拉罕・林肯號，突然遭到從中國內陸的四川省發射的極超音速洲際導彈的襲擊。該導彈在距海面約五十公尺處的超低空蛇形而至，躲過了雷達的眼睛。並且，它在逼近航母時猛然地上揚，貫穿了甲板。原來傳說中的新武器真的存在。

航母林肯號在這枚中國的導彈襲擊下起火，發生了大爆炸，美軍被嚇得腿軟。

就這樣，那艘林肯號被一枚導彈擊沉了。

日本的海上自衛隊、澳洲海軍、印度海軍、英國海軍和法國海軍也受到了衝擊。

接到「航母被擊沉」的報告，美軍的黛博拉代理總統大發雷霆。她命令從關島發射四枚搭載了核武的洲際導彈，想將中國四川省的導彈發射場徹底摧毀。然而既可笑又不幸的是，關島發射的洲際導彈竟然落到維吾爾自治區的維吾爾人，以及西藏自治區的西藏人們的頭上。生活在西藏與四川省交界處的一千多隻熊貓也沒能倖免，遍佈竹林的山頭燃起熊熊大火，五百多隻熊貓葬身火海。中國外交部發言人猛烈地抨擊美國，聲稱「中國要為和平外交官的熊貓們報仇」。

結果，中國竟然使用人造衛星，對紐約、華盛頓、休士頓、洛杉磯四地發動了核攻擊。政治生涯資歷尚淺的黛博拉代理總統，萬萬沒想到會被從天而降的導彈當頭轟炸。

中國外交部發言人發表言論稱：「美利堅合眾國在八十年前，曾向廣島、長崎投下兩顆原子彈，進行了大屠殺。美國必須為此罪行付出代價。」

黛博拉無法反駁，她甚至不知道美軍是為了保護中國才向日本投下原子彈的。

美軍對黛博拉代理總統產生了不信任感。在此情況中，美國發言人札基竟還不懂得察言觀色，將歐巴馬伊登總統已死和黛博拉副總統升任總統的消息公佈了出來。

據說在美國內部，CIA正籌劃實施暗殺黛博拉總統的計畫，消息越傳越真實。世界正在逐漸失去領導者。

在此情況下，烏克蘭總統倫倫斯基在基輔呼呼大睡時，俄羅斯的特殊炸彈突然間從天而降。CNN和BBC對此播出了緊急報導。

在倫倫斯基總統熟睡時，能將目標周圍方圓一公里內的氧氣蒸發殆盡的特殊炸彈落了下來。彷彿陷入了永遠的睡眠中一般，烏克蘭的領導階層甚至連動物們都失去了生命。

烏克蘭的丑角像白雪公主一樣，沉睡般死去了。

（十五）

中國的人造衛星向紐約、華盛頓、休士頓、洛杉磯四地發動核攻擊的時候，新任美國總統黛博拉躲在白宮的地下避難所裡瑟瑟發抖。電視畫面中，全是比當年的廣島和長崎還慘烈的廢墟。

「難道這是我新總統就任的賀禮？」

凱薩琳・黛博拉——美國史上首位女性黑人總統的內心，洶湧的憤怒已蓋過了恐懼。

她向帕奈拉參謀長聯席會議主席下達命令，要求啟動「中國無明日」計畫，傾全軍之力進行攻擊。

在日本，真野部審議官把美國航母林肯號的沉沒，和美國遭中國人造衛星的核攻擊事件告訴了艾格妮絲，請她用超能力預測未來，並向她請教下一步該如何行動。他們從已遭摧毀的防衛省搬出來，在外務省裡設立了一個防衛省分部。

艾格妮絲說道，美中兩國的政治力量與軍事力量的碰撞，只會招致悲慘的未來，但是，對神缺乏信仰心的人類很快就要受到來自神的懲罰。

中國全境開始下起猛烈的傾盆大雨。

揚子江和黃河像大海一般，水位暴增；洞庭湖開始出現巨大的漩渦。

前幾天，艾格妮絲與祖魯神交談時得到消息，有位女神名叫洞庭湖娘娘，祂也曾經和秦始皇交戰過，現在對珍遠來主席也產生了同樣的憤怒，祂支持臺灣以及中國南部地區的民主化。

「一定會發生大事。」艾格妮絲說。

中國全境遭到數個巨大颱風襲擊，數千萬戶民家遭到水流沖走。甚至，以北京為首的各大都市都遭到了從天而降的強力火球的猛烈襲擊，而不是導彈。

中國引以為傲的櫛比鱗次的高樓大廈，如今宛如被幾萬枚導彈轟炸過般，變成蜂巢狀態。不僅如此，交通大動脈的中國新幹線從高架橋上飛出，機場裡的客機和軍用飛機也都不見蹤影，像玩具般變成碎片飛到了天外。道路上東逃西竄的車陣也被捲到半空中，扔進了太平洋。

那位美麗的女神怎會擁有如此可怕的力量？中國的軍艦被逆捲而來

的浪濤翻覆，就連潛水艇也因撞上海底礁石而沉沒。這是中國史上前所未有的巨大災害。

雖然尚未掌握確切的受災情況，但推算中國十四億人口中，有半數都在兩、三日內殞命。帕奈拉參謀長聯席會議主席詢問國防部長麥克斯韋，在這樣的狀況下，是否還有必要實施「中國無明日」作戰計畫。儘管美利堅合眾國有數百萬人受害，但中國的人口只剩下一半了。

黛博拉總統問國防部長：「對俄羅斯要採取什麼對策？」國防部長答：「只要烏克蘭繼續向北大西洋公約組織尋求救援，戰爭就不會結束。據說烏克蘭向俄羅斯發誓將保持中立，並成為俄羅斯的一個衛星國。」

黛博拉總統：「本來就是拉斯普丁的獨裁破壞了世界秩序。只要獨裁統治沒有從世界上消滅，不是由像我這樣的民主總統擔任領導人，就應該除掉如同希特勒般的獨裁者。必須把在衛星電視上播放賣力演說的烏克蘭總統倫倫斯基，塑造成敢與希特勒、拿破崙對抗的英雄。」

於是，「中國無明日」作戰計畫切換成「俄羅斯無明日計畫」。

其目標共有三點：

「一、殺害拉斯普丁總統。

二、將俄羅斯的經濟能力削弱到在二十大工業國無立足之地的程度。

三、為使俄羅斯軍隊無法再侵略其他國家，如同日本被迫接受憲法第九條一樣，使其成為非軍事化國家。」

國務卿彭普汀和國防部長麥克斯韋都認為，由於美國也深受其害，何不讓歐盟與俄羅斯進行交涉。與俄羅斯之間相互發射核導彈，很可能分不出勝負。

甚至，彭普汀還提出，歐巴馬伊登總統的基本戰略是將日本作為主戰場，美國和俄羅斯應進行代理戰爭。如此一來，即使日本變得如烏克蘭一般被毀得滿目瘡痍，俄羅斯或中國也稱不上是打贏了美國，留下這樣的說辭對贏得下一屆總統大選是有其必要的。

然而，首位女性黑人總統卻想留名青史。她決定親自指揮帕奈拉參謀長聯席會議主席，在除掉拉斯普丁和破壞俄羅斯的核戰能力上堅持不讓步。

於是，波蘭向莫斯科發起攻擊，關島、夏威夷、阿拉斯加以及美國本土開始啟動洲際導彈攻擊。同時，U2核轟炸機也從美國西海岸和關島起飛了。

拉斯普丁也驚訝不已。接任的美國總統難道是政治素人？竟然從美國本土一口氣發射三百枚洲際導彈？就算攔截不了全部，也有必要狠狠教訓白宮和五角大廈。他下令由俄羅斯中部軍管區發射約十枚地心軌道的導彈，也就是飛行速度達二十馬赫的導彈，要將白宮和五角大廈炸成灰燼。為保護莫斯科，其周邊地區佈滿了防衛用的攔截導彈，密集得像刺蝟，而拉斯普丁總統本人則轉移到地下八百公尺處的核掩體司令部。

不料，美國的三百枚洲際導彈，竟全部在太平洋或者大西洋上空爆炸了，Ｕ２轟炸機的儀表也發生了故障，無法進行轟炸。

二十馬赫地心軌道的導彈也遭到飛行速度更快的不明物體攔截爆破。艾格妮絲猜想，這可能是「那位先生」的作為。

（十六）

美國總統凱薩琳・黛博拉的怒火已無法平息。

「三百枚洲際導彈都被擊落了？U2轟炸機的儀表失靈無法實施轟炸？不可能！絕對不可能！就算對方是神，也不可原諒。」

國防部長麥克斯韋難以啟齒地說：

「俄羅斯方面的極超音速導彈似乎也突然消失了。」

黛博拉說：

「俄羅斯的洲際導彈反正是老古董了，飛不了那麼遠而已吧！美國空軍裡可能藏有敵國間諜，不然就是哪個國家製造出了祕密武器。一定要查明原因，把美利堅合眾國NO.1的超能力者叫來！」

國防部長明白，任何反對都是沒用的，只好命令CIA長官格林頓去尋找全美最強的超能力者。

十分鐘之內，候選人名單就送過來了。

「曾預言甘迺迪總統暗殺事件的珍妮・狄克遜女士的孫女，卡珊卓拉・狄克遜，三十五歲。據說她是當今最厲害的超能力者。」國防部長彙報。

「馬上帶她過來。一小時以內。」總統下令。

美國首屈一指的超能力者卡珊卓拉・狄克遜就這樣，被召喚到白宮主人面前。

黛博拉：「美國朝俄羅斯發射的三百枚洲際導彈，突然從雷達上消失了。而且，U2隱形戰略轟炸機也全部在空中發生了故障。妳是超能力者吧？告訴我，到底發生了什麼？」

卡珊卓拉：「日本有位非常厲害的超能力女子。那個人的能力甚至可能淩駕耶穌之上。在那位女性面前，我的隔空透視能力、隔空精神控制、隔空靈性力量，通通都沒有用。她是神最強的保護者之一。」

黛博拉：「妳是說，日本的超能力者擊落美國三百枚洲際導彈？難以置信。在日美同盟的條約下，俄羅斯應該是日本的敵國啊！」

卡珊卓拉：「不，俄羅斯瞄準美國發射的十枚飛行速度二十馬赫的極超音速導彈也憑空消失了，俄羅斯軍方也感到困惑中。那是宛如神之能力。」

黛博拉：「不可能！妳可以讓手槍子彈落空嗎？」

卡珊卓拉：「我要是能改變手槍子彈的彈道，我就去演電影《駭客任務》，能賺一千萬美元。」

黛博拉：「太不像話了。現在我要命令第七艦隊的核潛艇，向俄羅斯各地區發射八枚核導彈，請妳用靈視好好看著。」

於是，接下來從核潛艇發射的八枚核導彈，朝哈巴羅夫斯克、符拉迪沃斯托克、聖彼德堡、莫斯科各發射了兩枚。這八枚導彈才剛飛出大氣層，就從雷達上消失了。

黛博拉：「不可能！不可能！快想想辦法。」

卡珊卓拉：「想必是神憎惡核武的緣故吧！」

黛博拉：「夠了！那妳能預測我的壽命嗎？」

卡珊卓拉：「要是回答了這個問題，我會被ＣＩＡ滅口的。」

黛博拉：「也就是說，ＣＩＡ覺得比起暗殺拉斯普丁，讓我消失更容易是吧？夠了！」

國防部長和國務卿都聳了聳肩。在地球上方三萬公尺高空，存在一支由上百艘外星人雅伊多隆機群組成的ＵＦＯ艦隊。對此，無論是黛博拉總統、拉斯普丁總統，還是全美ＮＯ.１的超能力者卡珊卓拉都還尚未察覺。他們既能避開雷達偵測，又可以瞬間移動來對付速度超過二十馬赫的物體。在他們眼裡，如蒼蠅般以慢動作飛行的洲際導彈，用電子槍擊落是輕而易舉的事。

雅伊多隆身穿胸前有著Ｒ字標誌的藍色制服，用心靈感應向身在日本的「那位先生」彙報了目前的情況。「那位先生」簡短地回覆「一直以來謝謝你了」。雅伊多隆回答：「若有任何需要我們的任務，請隨時吩咐。」

另一邊，艾格妮絲正在憂慮從此以後，日本會不會就這樣不再受神的眷顧。她擔心的是，善惡不分、不知天國地獄，也不懂天使與惡魔的差異，一味以自我為中心地追求現世獨有的享樂，悠哉悠哉活著的一億兩千五百萬的人們會遭受神降下的神罰。

一九九五年一月十七日發生的阪神淡路大地震，事實上阻礙了日本的發展和繁榮。數千人在地震中死去，但是日本人的信仰心並沒有提高。

二〇一一年三月十一日，東日本大地震和大海嘯吞噬了近兩萬條人命，卻絲毫沒有提高人們對神的信仰。甚至提出「這是神罰，是佛罰」的人們還遭到日本人的謾罵，說他們「人權意識薄弱」。並且，這份仇恨還延伸到了核電和全球暖化。

即使新冠病毒肆虐全球，結果也只是導致疫苗極權主義橫行，順從當權者的感染學家成了神的代理人，醫院取代寺廟成了現代神殿。人們漸漸變成AI管理下的螻蟻。AI監視民主主義絲毫容不下「對神的信仰」。日本的中國化持續地進行中。

美國的唐納．金總統大聲疾呼「即使新冠病毒蔓延，也請敞開教會的大門」，卻遭到自詡民主主義之神的媒體嘲笑，民眾也起哄說他「罔顧科學」。

不能再這樣下去了。否則必定會發生更加可怕的事。艾格妮絲的靈魂預感到了下一場巨大的危機。

結果，沉寂了三百年的富士山噴發了。太陽能板因火山灰的覆蓋而無法運作。名古屋和東京的天空被火山灰所籠罩。「接下來應該就會發生關東大地震。東京將面臨百年一遇的規模九・〇大地震和海嘯。」艾格妮絲決定，一切聽從天上神明的安排。

（十七）

終於，這一天來了。

時隔三百年，繼富士山再次噴發的三天後，首都直下型大地震也到來了。若震度在六級左右的話，東京的受災情況不會太過嚴重。然而那天發生的地震，彈跳式上下搖晃的震動就達三次。之後，長時間的左右搖晃又連續發生了五次之多。關於震度的初步報告無法發佈了，因為氣象廳大樓已經徹底坍塌。無論是東京鐵塔、第二高塔天空樹，還是澀谷的SCRAMBLE SQUARE都倒塌了。展開重建的NHK又再度倒塌。代代木公園裡，用馬克筆寫著「NHK」字樣的藍色帳篷排成一列。

這一次，六本木新城的朝日電視臺也沒能倖免於難。其實，日本諸神們本來就非常厭惡左翼媒體之流。

ＣＮＮ、ＢＢＣ等媒體擅自推測了日本的震度，規模估計超過了「九．〇」，按照日本的震度標準則是超過了「七級以上」。

此次大地震，是發生在早上尖峰時段，預計死亡人數將超過兩百萬人。受災地區遍及關東全域，統計受災情況大概要花費一週的時間。

不僅如此，伴隨午後的漲潮，大型海嘯向東京襲擊而來。高聳的大樓已消失不見，低矮的建築則沉入水底。

有傳言稱，此次地震超過東日本大地震百倍的規模。然而，首都圈內已經沒有任何報社能發行報紙號外，來報導這則新聞了。

關西地區的電視臺和報社逐步揭露了真實情況。對於東京人而言，幾乎可以說是接近人類末日了。日本已失去東京這個大腦。

艾格妮絲爬上了池田山庇護所公寓三樓上面的屋頂。由於東京大多是海拔零公尺的地帶，下町的住宅區已被濁流吞沒，成了一片湖水。

池田山一帶位於海拔三十公尺以上的地域，屋頂上的話，海拔高度超過了四十公尺。水勢退去可能需要兩三天，不過，不愧是以前最高法院法官住的宿舍，即便出現裂縫也沒有坍塌。五反田車站附近已經出現橡皮艇了。

突然，空中傳來直升機的聲音。

真野部審議官和鈴木和美課長助理降落在屋頂上。

「艾格妮絲小姐沒事吧？」真野部問。

「沒事，聽說海嘯沒有超過三十公尺的樣子。」艾格妮絲說。

「『那位先生』事先要求我們，要讓妳住在海拔三十公尺以上的庇護所裡。」鈴木說。

「恢復到基本程度的重建大概需要一個月。街上的火山灰被海水沖走，且東京鐵塔、第二高塔天空樹都塌了，電力也還沒恢復。目前正跟國土交通省溝通埋設電線杆和電線的事宜，否則暴露在外的電線太多，直升機起降也不方便。」真野部說。

真野部提前做好了整個東京被核導彈炸成火海的心理準備，所以任何災情他都能冷靜面對。值得慶幸的是，海上自衛隊事發前已經出海，戰力尚存，北關東和東北地區的自衛隊也隨時可以出動。

艾格妮絲思索著日本經濟將遭受何種程度的衝擊。她感覺到，全世界天翻地覆的序幕才剛剛揭開。她遠眺著已成水鄉澤國的大東京中心地區茫然地想著，類似事件在過去的文明中曾經發生過多少次呢？

真野部也思考著，既然媒體報導了大地震的新聞，近期內日本不會捲入國際核戰爭了吧！接下來應該會出現新的政治領袖吧！新冠病毒、世界大戰、大地震、大海嘯。既然美國已經承諾將提供日本用於救濟的軍事支援，那麼，他們應該從殺人模式切換到助人模式了吧！人會在不幸中發現友情，在幸福中變得自私。身處霸權爭鬥最激烈的時候，根本不去思考神佛之事，但重大災難發生後，信仰神佛的清心之人應該會多起來吧。

真野部：「『那位先生』說，我即將停止富士山的噴發。他似乎還有重要的工作要交給艾格妮絲，要讓妳來協助。」

負責警備的山根主任一臉疲倦的問：「這位二十幾歲的可愛女子還得繼續背負十字架嗎？」

風見遙也喃喃地說：「對手是大地震，手槍、合氣道都派不上用場。這下我可認識到自己的力量有多麼渺小了。」

安西千惠美抱怨：「現在連能不能採買到食物都不知道啊！本來以為是我們在守護城市的和平，現在看來，只有城市和平，警察才能順利展開工作啊！由於便利商店幾乎都開在路邊，現在被水淹了，我滿腦子想的只有『速食炒麵』和『泡麵』。到了晚上只能點蠟燭照明，電力在短時間內恢復不了了吧。」

峰岸一夫說：「能在大地震和海嘯中保護好艾格妮絲小姐的安全，是我的驕傲。做好接下來的安全保障是我們的職責。」

寶田進眨了眨眼：「鈴木和美小姐已經想好如何確保必需用品了吧？」

鈴木回答：「是的，自衛隊向來重視後勤的啊。今天晚上之前，會先把必需品準備完畢。」日本保安特警隊全體成員都鬆了一口氣，緩緩地癱坐在地上。

（十八）

那天，艾格妮絲被自衛隊的直升機送到箱根早雲山的山頂附近。「那位先生」身穿和服，正交抱雙臂站在那裡。

靜岡縣也發生了火山碎屑流，朝著大海的方向奔流而去。神奈川縣方面也是一樣。富士山仍時不時噴發出火山彈。火山氣體瀰漫了整片天空，久久不散。

艾格妮絲明明是第一次見到「那位先生」，卻感覺彷彿已與他相識甚久。在天上界拜見主神時的心情在胸中澎湃著，熱血染紅了她的臉龐。

「那位先生」大大張開雙臂，簡潔地說：「好好看著父親是怎麼做的。」

「三萬年前，從仙女座銀河降臨到這片大和國土上，日本最遠古之神——『天御祖神』啊！讓那份力量復活吧！並且，作為『盤古』巨神，請向中國再次展示那曾將野蠻民族驅散的力量吧！」

說著，「那位先生」掌心朝上舉起雙手，馬上強羅地區就傳來震耳欲聾的轟隆聲。強羅地區內，無論是林立的旅館，還是鐵路軌道通通被吹走了。原本像龜背般堅硬的地面碎裂成粉，數百公尺長的流線型巨型太空船從地面懸浮而出。那艘船體發出黑色的亮光，周圍環繞著無數小型球狀閃電般的東西，向四面八方發出閃電。

這艘巨大太空船的上空，羅列著上千艘UFO機群。自衛隊幾架

Ｆ35正要緊急出動，見到這樣的宇宙戰艦的震撼陣容，就趕緊逃回了基地。

旗艦仙女座星系號全長八百公尺，寬兩百公尺。而近前，則是直徑約兩百公尺的雅伊多隆、Ｒ·Ａ·高爾、梅塔多隆等護衛太空船ＵＦＯ緊緊跟隨著。

旗艦向早雲山派出了迎接的ＵＦＯ。這是一架直徑約三十公尺的圓盤型ＵＦＯ。落地後，艙門打開，半透明的舷梯便自動架設好。「那位先生」，是的，就是「愛爾康大靈」，他與艾格妮絲踏上舷梯後，臺階自動將他們送進船艙內，並關閉艙門。迎接他們的ＵＦＯ又被懸浮於空中的旗艦仙女座星系號吸入其中。他們二人被引導到裝有監視器，看似是瞭望艙的房間裡。接待他們的都是仿日本女性外貌的人形機器人。

艾格妮絲往右一看，「那位先生」不知何時換上了一身深藍色制服，胸前有著R.O.字樣的標誌。艾格妮絲也換上了粉色制服，胸前同樣有著R.O.標誌。

隨著一聲「出發」，旗艦UFO往更高的上空飛去。視線裡的富士山已經變得非常渺小。

「我們在三萬年前，降落在富士山旁的第二富士，在這片國土上構築出嶄新的文明。這文明啟蒙了中國和朝鮮半島，並引領印度和傳說中的穆帝國走向了繁榮。」愛爾康大靈說。

「那時候，我稱呼您為『父親大人』，對嗎？」艾格妮絲回答。

愛爾康大靈莞爾一笑，說：

「那麼，開始吧！」

從監視器上可以看到，日本的太平洋沿岸依次浮出一座座島嶼。並且，一直延伸到印尼的海域上，浮起了一片新大陸。面積大約和澳洲相同。

「這是嶄新的穆大陸。」那位先生說。

「我在大約一萬六千年前，曾降生為穆帝國的光大王—拉・穆。」

艾格妮絲：「就連我這才疏學淺的人，也知道此事。」

「然而，之後的一千年間，穆文明陷入了理神論的漩渦，認為非理性的東西是非現實的，全盤否定一切神祕事物。」

艾格妮絲點點頭。

「於是，大陸分三個階段沉沒了。」

「有的故事裡則說是一夜之間沉沒的。」

「那位先生」接著說：

「我決定，倘若日本如同現在一般，推崇無信仰、唯物論、科學萬能，並且延續康德以來的惡性傳統──認為理性無法判斷的東西就不是學問、不是真理──諸如此類的思想在地球上蔓延的話，倒不如讓這第七文明毀滅。我只拯救端正己心之人，或是只允許那樣的靈魂轉生，我將淨化這個地球。」

「好好看著接下來將發生的事情。艾格妮絲。接下來是第七文明的毀滅與第八文明的誕生。」

艾格妮絲緊盯著螢幕。

螢幕中，美國從西海岸開始逐漸沉沒。與大量核武一同，這個地球文明的最後的領袖國家走向滅亡。艾格妮絲看到，黛博拉總統在浪濤中掙扎，最後變成了鯊魚的飼料。

與此相對的是，以百慕達海域為中心，新亞特蘭提斯大陸浮了上來。一部分虔誠接受神啟示的人們，輾轉來到了新亞特蘭提斯大陸上。

俄羅斯也以儲存核武的軍火庫為中心逐漸沉入海底。北極海的冰融化了，流進俄羅斯大地上。拉斯普丁總統等人在大教堂祈禱中，逐漸被水淹沒。

至於歐盟，則在冰雹巨大的破壞力下，眾多建築物遭到毀壞。隨後，火球、暴雨、狂風襲捲了歐盟全域，幾乎沒有留下任何文明的痕跡。歐盟和英國也沉入了海底。

而非洲，熊熊火炎風暴將大地焚燒殆盡。從非洲到中東伊斯蘭地區，唱誦「阿拉」之名的聲音此起彼落，然而要毀滅他們的正是阿拉本人，再唱誦也無濟於事。阿拉無法赦免這個恐怖份子頻出的宗教。喜馬拉雅山脈留存了下來，但印度次大陸、巴基斯坦、中亞附近都遭巨大的海嘯吞噬，沉入大海。

印度的多神教中，低俗的部分不少，主神不容許它繼續存在。

對於紛爭不斷的以色列、巴勒斯坦、伊朗和伊拉克地區，主神也無意再放任下去。無數冰雹和火球降下之後，該地區的文明也沒入海底。

主神許可傳說中印度洋裡的雷姆利亞大陸浮上來，允許清心的人們和靈魂在這片土地上，作為人類生活下去。

與此同時，中南美地區也被巨大的地震、火山爆發和大海嘯所侵襲。僅留存山岳地帶，他們的文明也被吞沒了。

「去吧！」一聲令下，巨大ＵＦＯ和其護衛艦隊移動到了中國上空。

「這中華文明和朝鮮半島的文明已經無可救藥，我決定將其毀滅。」愛爾康大靈說。

中國大陸出現了十字架形的巨大裂谷，之前倖存的七億人也都葬身海底。

朝鮮半島從地平面上消失了。

「那位先生」轉頭看向艾格妮絲。

「那麼，妳想如何處理日本？」

艾格妮絲回答：「聽您的安排。」

日本列島的各個城市降下了冰雹和火球。

數百、數千道落雷在空中轟鳴。

「讓生存下來的人們，在新穆大陸上，去構築文明吧！」

由此，宏大的世界地圖被重新描繪了。

新亞特蘭提斯大陸、新穆大陸、新雷姆利亞、澳洲以及其餘島嶼上留存下來的舊文明。這些將成為嶄新的第八文明的開端。

艾格妮絲：「父親大人，這樣就可以了吧？」

愛爾康大靈：「是啊，就這樣吧！」

艾格妮絲：「接下來要做什麼？」

「驅逐在月亮背面和火星上築建巢穴的惡質外星人之後，我們先回一趟仙女座銀河吧！」愛爾康大靈說。

「但是一千年後，我們再來這裡看看，好嗎？」艾格妮絲問。

「到那時，妳要成為新的神。」愛爾康大靈答道。

宇宙浩瀚無垠。

先回一趟仙女座之後，還得去其他彌賽亞星視察。

愛爾康大靈乘坐的母船，瞬間移動後，便消失在無限的遠方。

（全文結束）

（十九）

無邊無際的太平洋浪濤滾滾。一艘橡皮艇上坐著一對男女。

男：「還要划多久才能到新大陸啊？」

女：「你不是對自己的體力很有信心？只要沒死就趕快划船啦！你要是先死了，反正『螃蟹罐頭』也吃完了，我就把你的身體當生魚片吃掉。這把野外求生刀剛好派上用場。」

男：「妳到底有沒有愛，有沒有同情心啊？」

女：「反正就算到了哪個島上也沒有工作嘛！」

男：「我當新時代的亞當，妳當夏娃，一起開創新時代，這不是很浪漫嗎？」
女：「是啊！你來當首相，我當個官房長官之類的。」
男：「不是沒有國民嗎？」
女：「那就命令島上所有的生物都來當國民吧！」
男：「果然，還是當個逮捕蛇和猴子等的警察更適合我們吧？」
他們二人一個是警視廳搜查一課主任山根直之，一個是公安部主任風見遙。
這時，天上出現了一個小小的黑洞。
一隻白鴿從裡面飛了出來。
鴿子將銜在嘴裡的一個白色信封丟到了橡皮艇上，裡面有一封親筆信。

「親愛的山根主任」

「相信您這樣的有能之士，一定能在那樣的危機中生存下來。我與愛爾康大靈在那之後，將月亮背後和火星上的惡質外星人——也就是把地球陷入混亂的罪魁禍首們懲治了以後，回到了仙女座銀河。這裡住著很多令人懷念的人們。現在我在反省自身，思考自己有沒有達成身為大天使熾天使之一的使命。

最終，我沒能拯救地球。儘管地球第七文明已經毀滅，但是嶄新的第八文明應該正在崛起。時間對於我們來說，一千年僅僅相當於你們的一個月左右。我已經獲得許可，將重生在新穆大陸上。作為救世主，我的工作尚未完成。請等著我，大天使加百列。真正的重建從現在才開始啊！」

艾格妮絲

信就寫到這裡。

但此時收到這封信，無異於久旱逢甘霖。

這個「好消息」，意味著新的齒輪即將開始轉動。

嶄新的文明究竟是怎樣的文明呢？

會是天使們展露真姿的文明嗎？

山根心中湧起新的希望，風見用手指戳了戳他的背。

（完）

大川隆法描繪的小說世界・**新感覺之靈性小說**

《小說 十字架の女》是宗教家・大川隆法先生全新創作的系列小說。謎樣的連續殺人事件、混亂困惑的世界、嶄新的未來、以及那跨越遙遠時空——。

描繪一名「聖女」多舛的運命，新感覺之靈性小說。

8月出版！

小說 十字架の女①〈神祕編〉

神祕的連續殺人事件
與美麗的聖女
女子所背負的，
是「光」、
抑或「闇」——。

即將出版！

小說 十字架の女③〈宇宙編〉

聖女一路曲折終於抵達
「嶄新且未知的世界」
前方等著的是——。

◆◆◆ 大川隆法「法系列」· **最新作品** ◆◆◆

彌賽亞之法

從「愛」開始 以「愛」結束

定價380元

彌賽亞之法

法系列
第 **28** 卷

「打從這世界的起始，到這世界的結束，與你們同在的存在，那就是愛爾康大靈。」揭示現代彌賽亞，真正的「善惡價值觀」與「真實的愛」。

第一章　埃洛希姆的本心——區分善惡的地球神之教義
第二章　現今彌賽亞應說之事、應做之事——給處於人類史的轉換點之地球的指針
第三章　彌賽亞的教義——改變為依據「神的話語」之價值觀的戰役
第四章　地球之心——為人類帶來靈性覺醒的「香巴拉」
第五章　彌賽亞之愛——在靈魂修行之地「地球」的愛的應有之姿

◆◆◆ 大川隆法「法系列」◆◆◆

太陽之法
邁向愛爾康大靈之路

法系列
第1卷

定價400元

基本三法的第一本

本書明快地述說了創世紀、愛的階段、覺悟的進程、文明的流轉，並揭示了主·愛爾康大靈的真實使命，同時也是佛法真理的基本書。《太陽之法》目前已有23種語言的版本，更是全球累計銷售突破1000萬本的暢銷作品。

第一章	太陽昇起之時	第四章	悟之極致
第二章	佛法真理的昇華	第五章	黃金時代
第三章	愛的大河	第六章	愛爾康大靈之路

現代武士道
從平凡出發

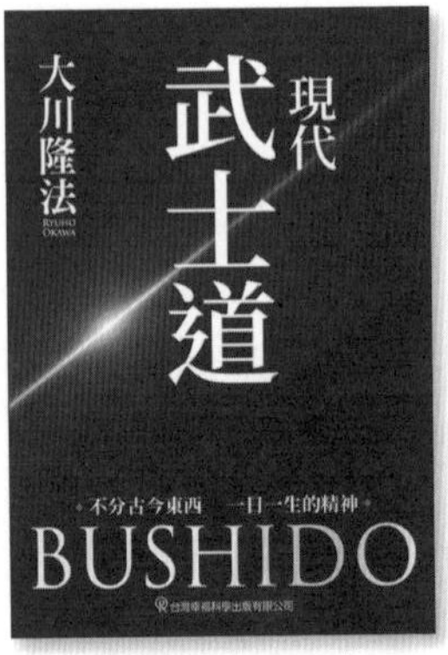

現代武士道

正是在這不安、混亂的時代，就越是要以超越私利私欲的勇氣之姿迎戰。
本書清楚究明淵源流長的武士道，並訴說不分東西，自古延續至今的武士道精神——貫徹「真劍勝負」、「一日一生」、「誠」的精神。

第一章　武士道的根本—武士道的源流
第二章　現代武士道
第三章　現代武士道 回答提問

定價380元

天御祖神的降臨
記載在古代文獻《秀真政傳紀》中的創造神

天御祖神的降臨

三萬年前，日本文明早已存在——？！回溯日本民族之起始，超越歷史定論，究明日本的根源、神道的祕密，以及與宇宙的關係。揭開失落的日本超古代史的「究極之謎」！

PART Ⅰ　天御祖神的降臨 古代文獻《秀真政傳紀》記載之創造神
第1章　天御祖神是何種存在
第2章　探索日本文明的起源
　　　　天御祖神的降臨
PART Ⅱ《天御祖神的降臨》講義
第1章　《天御祖神的降臨》講義
　　　　—日本文明的起源為何？—
第2章　提問與回答 —探索日本與宇宙的祕密—

定價380元

大川隆法暢銷書 · 愛 · 信仰 · 死後的世界

重生

從平凡出發

祈念本書能成為——追求覺悟之青年、後進的年輕世代，其人生的指標！
本書以半自傳方式回顧大川隆法先生的學習經歷，並闡明自身想法的淵源，以及描述創建「幸福科學」的歷程，以進一步將真理弘揚世界各地。書中，超越時空的智慧將給予讀者無限啟發，並協助讀者們找尋自身的人生使命。

第一章　從平凡出發
第二章　獨立的精神
第三章　多樣的價值觀
第四章　未知的佛神
第五章　存在與時間
第六章　達到非凡的愛的高度
第七章　信仰的勝利

定價380元

重生

以愛跨越憎恨

推動中國民主化之 日本與台灣的使命

這不僅是一本精闢剖析共產主義、極權主義的現代政治啟蒙書，更是為了遏止第三次世界大戰在亞太地區爆發，身為亞洲人必讀的一本書！

第一章　以愛跨越憎恨
第二章　「人類的幸福」與「國家」
　　　　—提問與回答—
第三章　「自由、民主、信仰」將拯救世界—「毛澤東的靈言」講義—
第四章　答覆加拿大民運人士的提問

定價350元

以愛跨越憎恨

大川隆法暢銷書 · 愛 · 信仰 · 死後的世界

佛陀再誕

留給緣生弟子們的訊息

優曇花三千年僅綻放一次，同一時代只有一位佛陀降臨世間。是時候了！齊聚於再誕的佛陀身旁，聆聽佛陀的金口直言，拯救現代的社會！這是佛陀再臨，給予摯愛的弟子們的話語。用詞簡單、詩句形式包含智慧話語。翻閱本書，靈魂將不再飢渴，也將喚醒你選擇於與佛陀同一時代生而為人的原由。聆聽永恆導師的話語，喚醒你的使命！

第一章　我再誕
第二章　叡智之言
第三章　勿做愚氓
第四章　政治和經濟
第五章　忍耐和成功
第六章　何謂輪迴轉生
第七章　信仰與建設佛國之路

定價420元

佛陀再誕

不動心

跨越人生苦難的方法

這是一本教導人們如何獲得真正的自信、構築偉大人格的指引書。積蓄的原理、與苦惱的對決法等，訴說著讓人生得著安定感的體悟心語。

第一章　人生的冰山
第二章　積蓄的原理
第三章　與苦惱的對決
第四章　惡靈諸相
第五章　與惡靈的對決
第六章　不動心

定價360元

不動心

真正的驅魔師

為了保護自己遠離惡靈或惡魔，從面對惡靈的基礎對策到驅魔的祕密儀式，你該知之事、當為之事。

第一篇　現代的驅魔師
第二篇　真正的驅魔師
第1章　靈障對策的基本——從基礎知識到實踐方法——
第2章　真正的驅魔師——打敗惡魔的終極力量——
第3章　作為宗教的專業驅魔師——「真正的驅魔師」的問與答——

真正的驅魔師

定價380元

惡魔討厭的事

為了守護自己與心愛之人免於惡魔影響！擺脫那些想要動搖、迷惑正直人們的存在，本書闡明其真相、手段，並提出克服的方法。

第1章　惡魔討厭的事
第2章　怨靈的產生
第3章　惡魔的真面目與看破之法

惡魔討厭的事

定價360元

大川隆法暢銷書 · 愛 · 信仰 · 死後的世界

永恆生命的世界

死亡後的真實樣貌

死亡並非是永遠的別離，
死亡是人結束了地上界的旅程，
回到本來的世界……

第一章　死亡之下，人人平等
第二章　人死之後，靈魂何去何從？
　　　　（提問與回答）
第三章　腦死與器官移植的問題點
第四章　供養祖先的靈性真相
第五章　永恆生命的世界

永恆生命的世界

定價380元

靈界散步

步向光彩絢麗的新世界

人的一生，都將面對終末之時，當靈魂離開肉體之際，即將展開的是，前往靈界的旅程……

第一章　靈界的啟程
第二章　死後的生活
第三章　不可思議的靈界
　　　　（質疑之問與答）
第四章　最新靈界情況

靈界散步

定價380元

大川隆法暢銷作品 · 心與身的健康指南

奇蹟的癌症克服法

喚醒你未知的強大自癒力

醫學如此進步之下，
為何癌症患者仍持續增加？
本書詳細闡明了患病的心理機制。
推薦給想好好照顧自己的人。

第一章　奇蹟的健康法
第二章　奇蹟的療癒力量
第三章　消滅癌症之道
第四章　疾病靈性解讀（Q&A）

奇蹟的癌症克服法

定價380元

瞑想的極致

奇蹟的神祕體驗

「我認為人們要追求幸福，
瞑想雖非屬積極，
但可謂是重要的方法之一。」

第一章　瞑想的極致
第二章　「瞑想的極致」講義
第三章　「瞑想的極致」之提問與解答
第四章　「幸福瞑想法」講義
第五章　「幸福瞑想法」之提問與解答

瞑想的極致

定價380元

大川隆法暢銷作品．心的健康指南

I'm Fine!
清爽活出真實自己的七個步驟

I'm Fine!

不要猜忌他人，不要疑慮重重，不要活在深深的自卑感，或者感傷悲苦的情緒當中，應該要開朗、樸實、單純。即使遭遇了背叛、遇見了騙子，也要泰然自若地說：「那點小事，何足掛齒。」
此刻，開始過著沒有罣礙的清爽生活！

STEP 1　更簡單、更清爽
STEP 2　即使失敗了也不要厭惡自己
STEP 3　如何建立不易崩潰的自信
STEP 4　做一個不屈不撓的人
STEP 5　有影響力的人須留意之事
STEP 6　前進的勇氣
STEP 7　改變自己而發光的人與隨波逐流的人

定價380元

How About You?
招喚幸福而來的愛

How About You?

越是愛，就會變得越執著。
越是愛，獨占欲就會更加萌發。自己所愛之人，如果對自己以外的人示好，那麼忌妒心就會被激發。正因為有愛，才會想要獨占，才會產生嫉妒！但是，如果你充滿了嫉妒，現在的你就不快樂。

Part 1　你受過愛的愚弄嗎？
Part 2　你的愛是真的嗎？
Part 3　你的心清爽嗎？

定價380元

「中華民國」首屆總統
蔣介石的靈言

守護日本與亞洲和平的
國家戰略

毛澤東的對手蔣介石
從天上界傳來的緊急訊息。
粉碎親中派的幻想，
揭露「歷史的真相」與「中共的真面目」。

這才是真實的歷史，蔣介石大解密！
現今民主國家陣營應該要如何建構，
同時揭曉！！

定價350元

「中華民國」首屆總統 蔣介石的靈言

台灣前總統李登輝
歸天後的首次發言

逝後三日，緊急收錄公開靈言
粉碎中共的野望，守護世界的自由

「現今，香港危機、台灣危機、
尖閣和沖繩的危機正迫在眉睫。
日本啊！要做個像樣的國家！」
——李登輝前總統的聲音
正迴盪於世間。

定價300元

台灣前總統 李登輝歸天後的首次發言

HAPPY SCIENCE

幸福科學集團介紹

幸福科學透過宗教、教育、政治、出版等活動，以實現地球烏托邦為目標。

幸福科學

一九八六年立宗。信仰的對象為地球靈團至高神「愛爾康大靈」。幸福科學信徒廣布於全世界一百多個國家，為實現「拯救全人類」之尊貴使命，實踐著「愛」、「覺悟」、「建設烏托邦」之教義，奮力傳道。

愛

幸福科學所稱之「愛」是指「施愛」。這與佛教的慈悲、佈施的精神相同。信眾透過傳遞佛法真理，為了讓更多的人們能度過幸福人生，努力推動著各種傳道活動。

覺悟

所謂「覺悟」，即是知道自己是佛子。藉由學習佛法真理、精神統一、磨練己心，在獲得智慧解決煩惱的同時，以達到天使、菩薩的境界為目標，齊備能拯救更多人們的力量。

建設烏托邦

我們人類帶著於世間建設理想世界之尊貴使命，而轉生於世間。為了止惡揚善，信眾積極參與著各種弘法活動。

入會介紹

在幸福科學當中，以大川隆法總裁所述說之佛法真理為基礎，學習並實踐著「如何才能變得幸福、如何才能讓他人幸福」。

入會

想試著學習佛法真理的朋友

若是相信並想要學習大川隆法總裁的教義之人，皆可成為幸福科學的會員。入會者可領受《入會版「正心法語」》。

三皈依誓願

想要加深信仰的朋友

想要做為佛弟子加深信仰之人，可在幸福科學各地支部接受皈依佛、法、僧三寶之「三皈依誓願儀式」。三皈依誓願者可領受《佛說・正心法語》、《祈願文①》、《祈願文②》、《向愛爾康大靈的祈禱》。

幸福科學於各地支部、據點每週皆舉行各種法話學習會、佛法真理講座、經典讀書會等活動，歡迎各地朋友前來參加，亦歡迎前來心靈諮詢。

台北支部精舍
台北市松山區敦化北路 155 巷 89 號

幸福科學台灣代表處
台北市松山區敦化北路 155 巷 89 號
02-2719-9377
taiwan@happy-science.org
FB：幸福科學台灣

幸福科學馬來西亞代表處
No 22A, Block 2, Jalil Link Jalan Jalil Jaya 2, Bukit Jalil 57000, Kuala Lumpur, Malaysia
+60-3-8998-7877
malaysia@happy-science.org
FB：Happy Science Malaysia

幸福科學新加坡代表處
477 Sims Avenue, #01-01, Singapore 387549
+65-6837-0777
singapore@happy-science.org
FB：Happy Science Singapore

小說　十字架の女②〈復活編〉

小說　十字架の女②〈復活編〉

作　　者／大川隆法
翻　　譯／幸福科學經典翻譯小組
封面設計／Lee
內文設計／顏麟驊

出版發行／台灣幸福科學出版有限公司
104-029 台北市中山區中山北路三段 49 號 7 樓之 4
電話／ 02-2586-3390　傳真／ 02-2595-4250
信箱／ info@irhpress.tw
法律顧問／第一法律事務所　余淑杏律師

總 經 銷／旭昇圖書有限公司
235-026 新北市中和區中山路二段 352 號 2 樓
電話／ 02-2245-1480　傳真／ 02-2245-1479

幸福科學華語圈各國聯絡處／
台　　灣　taiwan@happy-science.org
地址：台北市松山區敦化北路 155 巷 89 號（台灣代表處）
電話：02-2719-9377
官網：http://www.happysciencetw.org/zh-han
香　　港　hongkong@happy-science.org
新 加 坡　singapore@happy-science.org
馬來西亞　malaysia@happy-science.org
泰　　國　bangkok@happy-science.org
澳大利亞　sydney@happy-science.org

書　　號／978-626-96235-6-3
初　　版／2022 年 8 月
定　　價／380 元

國家圖書館出版品預行編目（CIP）資料

小說 十字架の女. 2, 復活編／大川隆法作；幸福科學經典翻譯小組翻譯. -- 初版. -- 臺北市：台灣幸福科學出版有限公司，2022.8
160 面；13×19 公分

ISBN 978-626-96235-6-3（精裝）

861.57　　111012008

廣告回信
台北郵局登記證
台北廣字第5433號
平信

IRH Press Taiwan Co., Ltd.
台灣幸福科學出版有限公司

104-029 台北市中山區中山北路三段49號7樓之4
台灣幸福科學出版　編輯部　收

大川隆法
Ryuho Okawa

小說

十字架の女②〈復活編〉

台灣幸福科學出版有限公司

請沿此線撕下對折後寄回或傳真，謝謝您寶貴的意見！

小說　十字架の女②〈復活編〉
讀者專用回函

非常感謝您購買《小說　十字架の女②〈復活編〉》一書，
敬請回答下列問題，我們將不定期舉辦抽獎，
中獎者將致贈本公司出版的書籍刊物等禮物！

讀者個人資料　　**※本個資僅供公司內部讀者資料建檔使用，敬請放心。**

1. 姓名：　　　　　　性別：□男　□女
2. 出生年月日：西元　　　年　　　月　　　日
3. 聯絡電話：
4. 電子信箱：
5. 通訊地址：□□□-□□
6. 學歷：□國小 □國中 □高中／職 □五專 □二／四技 □大學 □研究所 □其他
7. 職業：□學生 □軍 □公 □教 □工 □商 □自由業□資訊 □服務 □傳播 □出版 □金融 □其他
8. 您所購書的地點及店名：
9. 是否願意收到新書資訊：□願意　□不願意

購書資訊：

1. 您從何處得知本書的訊息：（可複選）□網路書店　□逛書局時看到新書　□雜誌介紹
   □廣告宣傳　□親友推薦　□幸福科學的其他出版品　□其他
2. 購買本書的原因：（可複選）□喜歡本書的主題　□喜歡封面及簡介　□廣告宣傳
   □親友推薦　□是作者的忠實讀者　□其他
3. 本書售價：□很貴　□合理　□便宜　□其他
4. 本書內容：□豐富　□普通　□還需加強　□其他
5. 對本書的建議及讀後感
6. 盼望您能寫下對本公司的期望、建議…等等。

IRH Press Taiwan Co., Ltd.
台灣幸福科學出版有限公司